王様ゲーム 煉獄10.29
國王
金澤伸明
NOBUAKI KANAZAWA
遊戲
煉獄
RENGOKU
10.29

國王遊戲　煉獄

10.29

國王遊戲 煉獄 10.29 ◆目次◆

【2010年10月21日（星期四）午夜1點42分】

那棟公寓就位於埼玉縣的住宅區。木造2層樓的建築、奶油色的外觀、髒污的牆面被室外燈照亮著。不知道屋裡的人是否睡著了，窗戶沒有透出半點燈光。

咚咚咚，上樓的聲音傳來。一個手上拎著便利商店塑膠袋的中年男子出現了。男子一面警戒四周，一面從褲袋裡掏出鑰匙。

把鑰匙插入鑰匙孔打開了門，穿過一道狹長的走廊後，走進一間房間，伸手按了一下牆上的開關。發出輕微的聲音後，天花板的燈光啪的一聲亮了。

房間約有六張榻榻米大，窗邊擺著一張木桌。桌面上放著一台筆電和銀色的手提箱。箱子是打開的，裡面放了幾根試管，和一個金屬製的黑色盒子。

男子坐在桌子前面，打開筆電的開關，喀啦喀啦地打起鍵盤來。

「……就快了……就快完成啦。」

乾裂的嘴唇浮現著笑意。

「香鈴大人，請在神聖的世界看著吧，我就要改造這個世界啦！」

男子的視線移向套在左手無名指上的戒指，戒指的正面刻著一個正三角形組成的圖案。

「我等再生……永不滅亡。世界將歸於和平……」

此時，木質地板發出嘰軋聲。男子回過頭去，看到一個人影就站在那裡。

「你……你是從哪裡進來的？」

男子想從椅子上站起來時，脖子卻被人用刀子刺入。赭紅色的鮮血瞬間噴出，把男子身上的毛衣染成了紅色。

「啊啊……」

男子的眼睛睜大到極限，整個人趴在地上。黑影跨過痙攣不止的男子身體，直接走向筆記型電腦，其瞳孔映出了筆電的螢幕，上面顯示著奈米女王的程式。

遊戲規則

1 全班同學強制參加。

2 收到國王傳來的命令簡訊後，絕對要在24小時內達成使命。

3 不遵從命令者將受到懲罰。

4 絕對不允許中途退出國王遊戲。

完畢

赤池山高中2年A班　班級點名簿

1 伊藤由那（Itoh Yuna）
2 岩下櫻（Iwashita Sakura）
3 奧園未玖（Okuzono Miku）
4 押井武（Oshii Takeshi）
5 小野寺由美（Onodera Yumi）
6 神塚蒼太（Kamitsuka Souta）
7 城戶宗介（Kido Sousuke）
8 熊谷佐登志（Kumagaya Satoshi）
9 小島理子（Kojima Riko）
10 笹原花音（Sasahara Kanon）
11 佐佐山夢斗（Sasayama Muto）
12 清水乃愛（Shimizu Noa）
13 白川伊織（Shirakawa Iori）
14 鈴木若葉（Suzuki Wakaba）
15 添田愛（Soeda Ai）
16 高橋星也（Takahashi Seiya）
17 竹岡純一（Takeoka Jyunichi）
18 鶴見四郎（Tsurumi Shiro）
19 中島陽平（Nakajima Youhei）
20 永山時貞（Nagayama Tokisada）
21 野野村孝明（Nonomura Takaaki）
22 濱谷洋二（Hamatani Yohji）
23 林英行（Hayashi Hideyuki）
24 藤原誠一郎（Fujiwara Seiichirou）
25 前田美樹（Maeda Miki）
26 牧村奈留美（Makimura Narumi）
27 松崎風香（Matsuzaki Fuhka）
28 松永龍司（Matsunaga Ryuji）
29 丸井陽子（Marui yoko）
30 南百合子（Minami Yuriko）
31 村岡陽菜子（Muraoka Hinako）
32 雪原久志（Yukihara Hisashi）

導師　岩本和幸（Iwamoto kazuyuki）

命令1

【10月29日（星期五）上午7點12分】

佐佐山夢斗正走在一條兩旁種滿麻櫟樹的小路上。清晨的陽光穿透林木間的空隙傾洩而下，在他的制服上留下斑斑點點的影子。附近沒有別人，只有林間的鳥兒啾啾地叫著。

夢斗停下腳步，抬頭眺望。蜿蜒的石板路另一頭是開滿紅葉樹，繽紛多彩的小山。山的前面，就是夢斗正要去的赤池山高中。

「被大自然包圍是很不錯啦，可是，以後每天都得爬這段坡道……」

嘆了一口氣後，夢斗繼續往前走。

夢斗昨天才剛轉來埼玉縣的這所赤池山高中。在4個月前發生的那次國王遊戲中，高中生的人數一下子銳減到只剩下數萬人，而且大部分都集中到大都市就讀。不過只要提出申請，還是可以分發到指定的地方學校上課。夢斗因為母親生病的緣故，提出了申請。

從東京搬到祖父住的這座小村子，就是希望能夠邊上學，邊照顧生病的母親。對於照顧母親的工作，夢斗並不覺得吃力，反倒是轉學所帶來的生活變化，令他倍感壓力。

夢斗想起昨天，也就是轉學第一天發生的事。早上向班上同學做自我介紹，順利地度過上午的課，到了午休時間，班上有幾名同學過來跟他打招呼，但是都沒有多聊。

結果第一天連個朋友也沒交到，就放學回家了。

「轉學的第一天，大概都是這樣吧……」

隨手撥撥前額捲起的頭髮，踩著沉重的腳步，繼續在通往學校的坡道走著。

「嗯嗯，過幾天，應該可以交到朋友吧……」

正在嘀咕的夢斗突然停下腳步。就在前面堆積著落葉的道路上，站著一名少女。

少女穿著赤池山高中的制服，半長的頭髮上沾著幾片落葉，似乎站了好一段時間。看到少女露出的些許側臉，夢斗詫異地半張開嘴。

——是伊藤……伊藤由那。

少女是夢斗的同班同學。因為她的座位就在夢斗旁邊，所以夢斗記得全名。

——她在那裡做什麼？怎麼從剛才就站著不動？

由那抬著臉，凝望坡道上方的赤池山高中。粉櫻色的薄唇緊閉，拎著書包的手好像在微微地顫抖。

夢斗抱著緊張的心情，上前打招呼。

「嗨，早安。」

對於夢斗的問候，由那沒有做出回應，依然直挺挺地站在原地，眼睛直視著坡道上的教室大樓。

「伊藤……同學？」

夢斗偷偷看著由那的臉。前一刻彷彿靜止不動的時間，突然啟動了似的，由那開口出聲：

「哇！夢、夢斗同學？」

由那睜開皎潔的大眼睛，往後退了幾步。白皙的臉頰瞬間泛起紅暈。

「你怎麼會在這裡？」

「為什麼？去學校不是要走這條路嗎……？」

聽到夢斗的回答，由那的臉比剛才更紅了。

「說、說得也是。哎呀，我真是的，到底在說什麼？」

「伊藤同學，妳在做什麼？好像從剛才就一直站在這裡。」

「叫我由那。」

由那伸出食指，左右搖晃著說。

「岩本老師不是說過了嗎？在我們班上，大家要互相叫名字，不要叫姓氏。」

「啊、對喔。可是，為什麼要大家互相叫名字呢？」

「為了培養同學之間的感情啊。叫彼此的名字，可以增加友情和彼此的信賴感。嗯嗯，這是從2個月前才開始的。」

「2個月前？」

「嗯。說來話長，因為我們班上……」

由那的表情突然一沉。

「我問你……夢斗，你覺得我們班怎麼樣？」

「咦？怎麼樣？很正常啊。」

「是嗎？也難怪啦，你才剛轉來而已。」

由那嘟著嘴，嘆了口氣。這個動作引起夢斗的好奇。

「我們班怎麼了？」

「哎呀……沒什麼啦。只是對我而言，並不是令人開心的地方就是了。每次爬這條通往學校的坡道，總是要花不少時間……」

說完，由那用手拍了拍從格子短裙露出來的小麥色大腿。

「嗯嗯，今天也要加油才行。走吧！夢斗。」

「喔、嗯嗯。」

由那和夢斗邁開步伐，繼續往學校走去。沿途，由那愉快地跟夢斗聊著天，看起來活潑開朗，跟剛才的樣子完全不同。

——簡直判若兩人。

儘管夢斗覺得由那的態度不自然，不過兩人還是一起走過落葉紛飛的校門。

【10月29日（星期五）上午7點45分】

一打開位於三樓的2年A班教室門，就看到自己桌子前面站著一個戴眼鏡，綁著辮子的女生。大概是聽到有人開門，少女匆忙地從夢斗的位置離開。

夢斗發現自己的桌上面擺著一個小花瓶，瓶裡插了幾支白花三葉草的球狀白花。

「啊！這不是我放的喔。」

戴眼鏡的少女連忙揮手否認。

「我進來教室的時候，就已經放在這裡了。」

「可是，為什麼妳會站在我的桌子前面……」

「那是因為……」

少女支支吾吾地躲開夢斗的視線。一旁的由那嘆了口氣，走到夢斗的桌子旁邊。

「妳也真是的……現在這裡已經是夢斗的桌子啦。」

由那把花瓶拿到教室前面的講桌上擺著。

「嗯嗯，這樣就ＯＫ了。呃……夢斗，這位同學是圖書委員村岡陽菜子。你大概還沒辦法把人名和長相聯想在一起吧。」

「啊、嗯嗯。請多指教。我可以叫妳陽菜子嗎？」

夢斗這麼問。陽菜子點頭同意。

「嗯嗯，反正這本來就是我們班的規矩。」

說完，陽菜子離開夢斗，走到靠窗戶那排的第一個位置坐下。和由那不同，陽菜子似乎不想和轉學生夢斗有更進一步的交談。看著坐在位置上，等待上課的陽菜子背影，夢斗不禁露出苦笑。

——看開點。會和剛來的轉學生打成一片的人，本來就不多。

夢斗把書包放在自己的座位之後，走到窗戶旁邊。往下看去，正好看見幾名班上的同學往教室大樓走來。

「今天只有我們班要上課，所以來學校的學生很少。」

不知道何時來到身旁的由那，表情落寞地俯視著學校中庭。

「1年級和3年級都去鎮上義務打掃了，2年級只剩我們這一班而已。」

「我們不用去義務打掃嗎？」

「我們班上星期已經去過了。被派去赤池山撿垃圾。」

「妳說的赤池山，就是學校後面那座山吧？」

「嗯，是啊。標高311公尺，山頂上還有個小池子。」

「難怪，山的名字裡面有一個『池』字……」

夢斗轉頭看向面對赤池山的走廊。

「可是，為什麼會叫『赤池』呢？」

「因為以前的傳說啊。據說古代有一名戰國武將，殺死了一條在山裡興風作浪的大蛇，大蛇流出的血聚積成了一灘池水。」

「大蛇的血啊……」

「那只是民間傳說而已，我才不相信有大蛇的血多到可以聚積成池呢。儘管這陣子，現實生活中的確出現了不合常理的生物。」

「妳是指……CHILD？」

「沒錯，就是CHILD。」

由那的眉毛稍稍動了一下。

「國王遊戲和CHILD的騷動已經害死了好幾百萬人，現在北海道還在封鎖中，實在是太可怕了。」

「幸好CHILD已經被消滅，而凱爾德病毒雖然還存在於北海道倖存者的體內，但是政府已經宣布解除威脅了。」

「希望這是樣……」

說完，由那的嘴抿成一條線。

「由那……？」

教室的門突然打開，幾名同學陸續走進教室。

「啊、我是今天的值日生。待會見囉，夢斗。」

由那慌慌張張地回到座位上，開始寫日誌。夢斗也走回自己的位置。隨著上課時間的接近，原本空蕩蕩的座位，一下子就坐滿了。

上課鐘一響，級任老師岩本同時走進教室。岩本剛滿30歲，教的是體育，個頭高大，臉長長的，五官的輪廓像雕塑一樣鮮明。

「早安！大家快回座位上坐好！」

岩本站在講台上，眼睛來回看著班上的學生，最後落在夢斗身上。

「喔，轉學生也準時來啦。中途沒有迷路嗎？」

「沒、沒有。因為只有那條路。」

聽了夢斗的回答，岩本露出雪白的牙齒笑著說：

「因為這裡是鄉下，所以不可能迷路是嗎？不過，鄉下生活也有很多都市比不上的趣味喔。」

「趣味？」

「是啊，例如爬山。從我們學校後門走出去，就可以爬山了。」

「比起爬山，我還比較想去逛109百貨呢！」

一名女學生舉起手對岩本這麼說。其他學生也跟著開始七嘴八舌地聊天。

「這主意不錯。下星期天全班一起去東京玩吧，都市比鄉下要好玩多了。」

「我也要去。我想買遊戲軟體。」

「其實是想買色情遊戲吧。」

「討厭！色鬼！」

「才不是呢！我是要買動作遊戲啦！」

「岩本老師，不如馬上出發吧！校長和教務主任好像都去當義工了，現在學校裡面最大的，就是老師您了，不是嗎？」

「喂，別說蠢話了。」

岩本莫可奈何地看著那個提案的男生。

「校長和教務主任下午就會回來，總務門倉老師中午以前也會趕回學校上班。再說，就算他們沒回來，老師也不可能那麼做啊。」

「可是老師，您是教體育的，會教數學或是英語嗎？」

「這個你們大可放心，我已經準備好自習用的測驗卷了。」

岩本把手上的測驗卷放在教案上，教室裡頓時響起學生的哀嚎。

「同學們如果有確實做到預習、複習，這種小測驗根本不算什麼吧。」

岩本笑笑地說，不過很快又收起笑容。

「咦？宗介呢？他還沒來嗎？」

全班同學的視線，同時看向靠走廊那個沒有人坐的空位。夢斗想起坐在那個位置男同學的模樣。

——好像是一個身材偏瘦，膚色白皙的男生，叫城戶什麼的。

「又遲到了嗎？真是讓人頭疼的傢伙。」

岩本摸摸剃得短短的頭髮，無奈地嘆氣。

「算了。放學後再給宗介做測驗……」

就在這時候。

放在教案上的花瓶發出嗶哩的聲音。

「嗯?是什麼聲音?」

岩本正要伸手去拿花瓶時，瓶子突然發出像是氣球爆炸的聲響。瞬間，閃閃發亮的碎片向四周噴濺開來。

「哇啊!」

受到驚嚇的岩本大叫一聲。坐在前排座位的同學也趕緊從椅子上跳起，遠離教案。

「等、等等，好像有東西飛出來了?是玻璃嗎?」

「好危險!花瓶為什麼會突然爆開啊?」

「真糟糕，說不定碎片濺到頭髮裡面了。」

「大家先冷靜。」

岩本一面清理沾在衣服上的花瓶碎片，一面走近教案查看。上面除了莖被折斷的白花和玻璃碎片之外，還有一個小小的裝置。

班長林英行用指尖夾起那個小裝置。

「喂，英行!危險!」

「沒關係啦，岩本老師。」

英行把臉湊近手上的裝置。

「很簡單的發條式設計。應該是有人故意把裝置放進瓶子裡，從內部破壞花瓶。」

「好無聊喔，是惡作劇嗎?」

「嗯嗯。花瓶裡面好像還放了玻璃容器，很可能是惡意的。看起來像是……試管。不過這種簡易的機關就算破了，碎片應該也不會飛得太遠。」

英行檢視著那些外型略帶弧度的玻璃碎片。

「裡面好像沒裝東西。從某方面來說，算是不幸中的大幸吧。」

「不幸中的大幸？」

「是啊。要是裡面塞了火藥，近距離的人就很可能會被炸傷。現在從網路上，很容易就可以找到製作炸彈的方法呢。」

「不要說得那麼可怕。」

岩本的身體不由自主地打了一個冷顫。

「這個花瓶和花，是誰拿來的？」

圖書委員陽菜子，一臉畏怯地舉起手。

「花瓶一早就放在教室裡了。」

「不是妳帶來的嗎？」

「不是。花瓶本來並不是放在那裡的，而是放在北村……智輝的桌上。」

瞬間，全班的視線不約而同地往夢斗的方向看去。

「咦……」

坐在夢斗鄰座的由那，臉湊近夢斗說：

「你的座位，以前是一個叫智輝的同學坐的，他已經死了……」

「死了……？」

夢斗的心臟瞬間加速跳動。他感覺到自己屁股下面坐的椅子，變得異常冰冷，放在桌上的手心也不自覺地發汗。

「他……他為什麼會死？」

「……是自殺。2個月前在這間教室上吊自殺的。」

「自殺……？」

「嗯。他把繩子掛在窗簾的軌道上……」

岩本的雙手，啪的一聲合起。

「由那，那件事就別說了。跟轉學生沒關係。」

「可是，夢斗現在是我們的同學了，我認為有必要讓他知道。」

「總之，這件事以後再說吧。還有沒有其他同學知道花瓶的事？」

對於岩本的質問，班上沒有一個人回答。

「真的都沒有人知道嗎？」

「沒有用的。」

站在岩本旁邊的英行說。

「惡作劇的人並沒有暴露姓名，所以要抓到犯人恐怕不容易。而且，也有可能不是我們班的同學搞的鬼。」

「……是啊。隨便疑神疑鬼，反而會傷害大家的感情。」

講台上的岩本來回看著班上的學生們。

「總之，如果是我們班上的同學惡作劇，希望下次不要再發生！即使是小小的惡作劇，也有可能造成嚴重的傷害。」

說完，岩本要同學們把教案四周打掃乾淨。幾名學生於是拿著掃把和畚箕，把散落一地的玻璃碎片收集起來。

夢斗恍神地看著那些正在打掃的同學們。

——我們班有人自殺？而且，就在這間教室裡……。

四周的空氣似乎頓時下降到冰點。夢斗有種感應，彷彿那個自殺的學生和他重疊在一起，坐在同一張椅子上。

——北村智輝就坐在這張椅子上嗎？可是，他為什麼要自殺？

夢斗低下頭，發現桌子裡有個白色的物體。

「咦……？」

那是一張折起來的白紙。夢斗從桌子裡面拿出那張紙，隨手打開來看。

裡面是用紅色的筆寫成的文章。夢斗逐字看下去。

『赤池山高中2年A班的學生和級任老師岩本和幸，是你們殺死了北村智輝。害死智輝的不是別人，而是我們全班同學，大家都要接受懲罰。我要化身成國王，懲罰我們全班。再多賠罪的話都是多餘的，拿命償還吧！』

「這……這是什麼？」

「怎麼了？」

耳邊傳來男生的說話聲。夢斗轉過頭去看，坐在他後面的男同學正納悶地看著他。那個人留著小平頭，皮膚曬得黝黑。細長型的眼睛，配上直挺的鼻梁。夢斗脫口而出昨天剛記住的男同學名字。

「中島……陽平？」

「沒錯！沒想到你還記得我的名字呢！」

陽平把手搭在夢斗的肩膀上，露出白色的牙齒說。

「當轉學生還真辛苦。我們只要記住你一個人的名字就夠了，你卻得記住全班所有人的名字。呃、你的名字好像是叫什麼……夢斗，對吧？」

「佐佐山。佐佐山夢斗。」

「啊！對！不過，我們班都只叫對方名字，所以姓氏就不重要啦。對了，發生什麼事了？我看你好像在唸什麼。」

「嗯嗯。我的書桌裡面有一張奇怪的紙。」

夢斗把那張白色的紙張遞給陽平。

「信紙？這麼快就收到情書啦？」

陽平笑著說。不過，當他看到內容時，整個人像被冰凍一般定住不動，半張開的嘴唇也不停地顫抖。

「害……害死智輝……」

「這上面寫的文章是什麼意思？」

「啊……這、這是……」

「你怎麼了？陽平。」

岩本皺著眉，朝陽平走過來。

「嗯？這張紙是什麼？」

「啊、好像是放在智輝……不、夢斗桌子裡面的。」

陽平把信紙交給岩本。

「智輝的……」

岩本的視線沿著字句移動。

「……這是？」

「怎麼辦？老師，是不是不太妙啊？」

「不太妙？什麼意思？」

「我覺得，這不像是惡作劇。」

陽平從側面偷瞄岩本手裡拿的那張紙。

「而且，字看起來像是用血寫成的。這顏色不是普通的紅色，而是紅黑色。」

「不、不要危言聳聽了。」

岩本把手上的紙折起來，嘴角的兩端隱隱抽動。

「不是惡作劇的話，那是什麼？剛才那個花瓶的機關，一定就是懲罰。」

「如果是這樣就好了……」

「老師，怎麼了嗎？」

岩本附近一名娃娃臉的女生，拉了一下岩本的上衣說。

「您的表情好嚴肅喔，發生什麼事了嗎？」

「沒……沒什麼大不了的事。」

岩本輕輕摸了一下那名女生的頭之後，走回講台。

「好啦，要開始測驗了。大家快回位置坐好！」

班上同學匆匆忙忙地往自己座位移動。

【10月29日（星期五）中午11點57分】

第4堂課的測驗是數學。

夢斗解開三角函數的題目後，呼地吐了一口氣。

抬起頭，旁邊的同學們都還低著頭認真作答。

鉛筆移動時發出的沙沙聲不絕於耳。

夢斗伸出右手去摸自己坐的椅子邊緣。

——之前坐這張椅子上的北村智輝死了。由那說是自殺的，可是那張紙上面卻說他是被殺死的，而且是這一班的人害死的……。

那張紙的內容再度浮現腦海。

上面的黑色文字，像是用某種沾了血的利器寫成的。

——那張紙……寫著要懲罰大家，而且……。

「國王……」

夢斗喃喃自語地說。

突然，微開的嘴唇開始顫抖，左胸口深處感到一陣痛楚。

——化身成國王懲罰大家，那不就跟國王遊戲一樣嗎？

夢斗緊緊抿著嘴，把嘴裡蓄積的口水硬吞下去。

這時，教室裡突然響起輕快的音樂旋律。

「不會吧……」

夢斗把手伸進上衣的口袋拿出智慧型手機，螢幕上果然有新簡訊。

他用不停顫抖的手，輕輕地在螢幕上觸碰了一下，簡訊內容立即顯現。

【10／29星期五12：00　寄件者：國王　主旨：國王遊戲　本文：這是赤池山高中2年A班全班同學和級任老師岩本和幸強制參加的國王遊戲。國王的命令絕對要在時限內達成。※不允許中途棄權。※命令1：看到這則簡訊的人不准出聲，違反者必須接受懲罰。命令將持續到有3個人受罰為止。END】

「……」

差點發出驚呼的夢斗，趕緊用左手摀住嘴巴。

——這太離譜了吧！國王遊戲捲土重來……？難道我們都感染了凱爾德病毒嗎？可是，怎麼會感染呢？北海道被封鎖了，能夠控制凱爾德病毒的奈米女王程式也在政府的控制之中，不可能還會有國王遊戲啊……。

「夢、夢斗。」

臉色蒼白的由那，指著夢斗手中的智慧型手機。

「難道是……國王遊戲？」

「……」

「說啊，是不是被我猜中了？」

由那想偷看手機上的畫面，但是夢斗先一步把手縮回胸前，搖頭制止。

「萝斗……？」

「……」

「果然被我猜中了。」

由那轉身離開萝斗，從自己桌子的抽屜裡拿出手機。

——不行！不能看國王遊戲的簡訊，否則……。

萝斗拼命揮手制止，但是由那都沒看到，只顧著用手指在手機螢幕上滑動，閱讀簡訊的內容。

「……」

由那拿手機的那隻手突然開始劇烈顫抖，眼睛從手機螢幕移到萝斗身上。

萝斗的手指貼著嘴唇，暗示由那不要出聲。

由那摀著嘴，用力點頭回應。

轉頭看了一下四周，大部分的同學都也都在看手機畫面，而且每個人臉色變得很難看，大概是看到命令簡訊了吧。

這時，教室裡傳出椅子倒下的聲音。

一名男生從椅子上站起來，全身顫抖不止，手裡握著智慧型手機。

接著，那名男生的身上發出骨頭碎裂的聲音後，頭頸應聲折斷。

「噢……」

他的嘴巴張得大開，當場倒地不起。

班上的同學們不約而同地摀住嘴巴。

夢斗也忍住不發出哀嚎，拼命調整呼吸。

——是野野村！野野村孝明。他是看了國王遊戲的簡訊之後，因為不小心弄倒椅子，所以受罰了。

「到底是怎麼回事！」

岩本跑向倒在地上痙攣不止的孝明，將人抱起。可是孝明的頭，無力地往背後折曲，從兩眼溢出的淚水沿著額頭滴下。

「喂！快叫救護車！你們不是都有帶手機嗎！」

岩本向四周摀著嘴的學生們大喊。也許是全部的學生都看過國王遊戲的簡訊，所以每個人都摀住嘴，像銅像般地不敢亂動。

「算了！我來打！」

岩本拿起孝明掉在附近的手機。當他看到手機螢幕的瞬間，立刻停止了動作。眼睛直楞楞地瞪著智慧型手機，原本張開的嘴也緊閉起來。

不知何時，教室裡的聲音全都消失了。大部分的同學都用雙手摀著嘴，動也不動地看著簡訊，時間彷彿在這一刻停止了。

——現在該怎麼辦才好？

冷汗從夢斗的額頭上流下。他坐在椅子上觀望四周，首先看到的是跟他一樣，坐在椅子上不敢動的由那。她緊緊握住手機，眼睛用力閉著。坐在後面的陽平也是，失去血色的嘴唇抿成了一直線。

夢斗再次確認手機上面顯示的簡訊內容。

——發出聲音的人死了。由美因為叫出聲音，孝明是弄倒椅子。

把含在嘴裡的唾液嚥下後，夢斗往班上看去，每個同學的表情都極為驚恐。

——對了。這個命令是『將持續到有3個人受罰為止』，所以在出現下一個出聲的人之前，誰也不敢亂動……。

不知何時，上衣被汗水浸濕了。也許是因為在椅子上坐太久的緣故吧，身體的下半部感到一陣酸麻，右腳開始抽筋。夢斗小心翼翼地舉起右腳。

——冷靜！無論如何，絕對不能發出聲音。說不定連大聲呼吸都有危險。衣服摩擦的聲音也要注意。

夢斗慢慢地鬆開咬緊的牙關，做了一個深呼吸。

——這種狀態，究竟要持續到什麼時候？

【10月29日（星期五）下午1點12分】

從國王的命令傳來的那一刻起，已經過了1個小時。教室裡的學生們越來越疲倦。儘管如此，大家還是聞風不動地坐在位置上，誰也沒有移動半步。岩本繼續待在斷了頭的孝明身邊，膝蓋和雙手拄著地面，發白的嘴唇顫抖著。

夢斗一面把手心滲出的汗水擦在褲子上，一面左右張望。講台前面有幾個女生靠在一起，手裡都緊握著手機。她們大概都看過國王遊戲的簡訊了吧。

——再這樣下去，情況很不妙。大家都累了，到時一定會有人發出聲音……。

夢斗的喉嚨像波浪般起伏滑動。

——一旦有人發出聲音，就表示自己得救了。

其他人應該也是這麼想的吧。坐在靠走廊位置的一名男生，目光凶狠地瞪著班上其他同學，好像有什麼深仇大恨一樣。

他發出的惡意眼神，像是在威嚇其他同學，要他們快點出聲。

夢斗想起那個男生叫藤原誠一郎，身材比夢斗高幾公分，五官工整鮮明。雖然體型偏瘦，不過大概是參加了什麼運動社團吧，從捲起的袖口露出的手臂肌肉看起來非常結實。

誠一郎瞪著夢斗的方向。夢斗感覺到一股強烈的敵意，連忙別開了視線。

——好可怕的眼神。昨天怎麼都沒發現呢？

昨天，夢斗並沒有和誠一郎交談。一來是彼此的座位離得較遠，再者，誠一郎似乎也不想和新來的轉學生說話。大概是因為他本身就有一個以他為中心的小圈圈吧。

夢斗長長地嘆了一口氣，小心翼翼地不發出聲響。

——冷靜。現在這種情況下，誠一郎也沒辦法對我怎麼樣。因為在國王遊戲的命令解除之前，沒有人敢亂動。

突然，教室外面傳來警笛聲。往外面看去，好幾輛警車正從校門外往這個方向駛來。

——是警察！警察發現了。他們知道國王遊戲又開始了。

警車在校門口停下，從車子裡走出幾名男子。他們站在校門前面，抬頭往夢斗他們所在的教室仰望。看樣子似乎並不打算進入校園內。

看著那幾名男子交頭接耳地不知在說什麼，夢斗突然睜大了眼睛。

——對了，這次國王遊戲的對象只有我們班而已，所以那些人即使開口說話也不會有生命危險。不、說不定他們根本沒有感染到凱爾德病毒。

透過闊葉樹林間的空隙眺望山下的小鎮，看起來並沒有發生異樣的騷動。

——那麼，我們是什麼時候感染到凱爾德病毒的？昨天……？不……。

夢斗突然想起今天早上，擺在教案上的花瓶爆裂的意外。

——對了，班長英行說，花瓶裡面放了一個小小的玻璃容器。難道裡面裝了凱爾德病毒……？可是，究竟是怎麼辦到的？最重要的是，要怎麼弄到凱爾德病毒？

越是追根究底，紊亂的腦袋越是迸出更多問號。

——不，現在先不要去想這些。還是集中精神，不要發出聲音比較重要。

夢斗一面用手背拭去額頭上的汗水，一面轉頭看看四周。班上的同學們每個人都帶著祈求的眼光，盯著校門的方向看。大家心裡一定都在期待警方能夠對眼前的情況伸出援手吧。看得出來，有些女生拼了命忍住不哭。

——既然警察都來了，那麼政府應該會採取行動才對。說不定他們會使用控制凱爾德病毒的奈米女王程式，幫我們班解除命令。在此之前，只要小心不發出聲音，應該就不會再有同學喪命了……啊……。

此時，夢斗突然看到坐在椅子上的由那，正扭著身體望著窗戶外面。她的側腹頂到桌子的邊緣，造成桌面微微傾斜。放在桌上的布質筆袋開始慢慢往下滑動。

——糟了！那個掉下去的話，由那就要受罰了！

眼看著筆袋就快要從桌子的邊緣掉下去，夢斗的身體瞬間動了。他快速地起身，把手伸到最長，就在右手接住筆袋的同時，身體也失去了平衡。

喀啦，發出一聲巨聲後，夢斗從椅子上跌了下來。

「啊……」

抬起頭，手還緊緊地握著由那的筆袋。班上的同學們像是被嚇呆了似地盯著夢斗看。

夢斗緊繃著身體，用力閉上眼睛。腦海裡立刻浮現出自己斷頭的慘狀。

——我快要死了嗎？就在這一刻、這個地方……。

教室傳出物體折斷的喀啦聲後，夢斗睜開了眼睛。就在他眼前，站著一個頭部呈直角彎曲的女生。

「這……」

她的動作像一具故障的機器人般，肢體生硬地緩慢移動著，下垂的雙手也不停地抽搐。才走沒幾步，整個人便往前撲倒。

少女的身體正好倒在跌坐著的夢斗面前。失去光彩的瞳孔，反射著受到驚嚇而忘記呼吸的夢斗的臉。

「為……為什麼？」

夢斗的手摀著自己的脖子，聲音沙啞地喃喃自語。

「受罰的人應該是我啊……」

「是百合子先發出聲音的。」

班長英行從椅子上站起來，回答夢斗的問題。

「百合子的個性本來就比較容易激動。大概是看到警察之後，忍不住哭了吧。真是遺憾。」

「是嗎……？所以，我才沒有受到懲罰嗎……」

夢斗低下頭看著百合子的臉，她的表情似乎極度驚恐。大概是意識到自己發出聲音了吧，瞪大的眼眶裡還堆積著淚水。

聽到夢斗和英行的談話後，其他同學也陸續發出聲音。男生發出嘆息，從椅子上站了起來，女生也相擁而泣。教室裡頓時充滿了哭聲和哀嚎。

「現在……可以說話了嗎？」

「嗯嗯。已經有3個人受罰了。」

「得、得救啦。我得救啦。」

「哈哈哈哈，終於活下來了。」

「由……由美——！」

班上同學的歡呼聲重疊在一起，同時傳進夢斗的耳裡。

「夢斗……」

由那朝倒在地上的夢斗走過來。

「剛才我都沒有發現筆袋快掉下去呢。要不是你幫忙接住的話，我可能已經死了吧，真的很謝謝你。」

「沒、沒什麼啦，別客氣，沒什麼大不了的。」

夢斗把筆袋遞給由那時這麼說。

「我本來還以為可以安全地接住，不會跌倒呢。」

「你不顧生命危險救了我呢。」

「老實說，當時我也沒想那麼多。只是看到筆袋快掉下來時，心裡很著急。」

「不管怎麼說，你都是我的救命恩人，這是毫無疑問的。啊……」

由那低頭致謝時，看到了百合子的屍體，表情瞬間變得哀傷。

「百合子……」

「妳們是好朋友嗎？」

「……還不到好朋友那種程度，不過畢竟是同學一場。百合子是網球社的，常常練球練到很晚呢。」

由那的視線，慢慢地在教室裡來回張望。

「由美是美術社。孝明是啦啦隊。」

「是嗎……」

「他們都是受到國王遊戲的懲罰而死的吧。」

「嗯嗯。除此之外，我想不出其他的可能性了。否則怎麼會有人的頭說斷就斷呢？」

夢斗用力咬著牙，看著死去的三位同學遺體。大概是因為還沒跟他們交談過吧，夢斗的內心並不是那麼感傷。儘管如此，胸口還是感到一陣刺痛。

——說不定，本來可以跟他們成為好朋友的。

這時候，窗戶外面傳出男人的聲音。一名穿西裝的年輕人拿著擴音器，站在校門口前面。

「赤池山高中2年A班的同學們！我是埼玉縣警警備局的宮內大樹。請你們大家保持冷靜，耐心聽完我要說的話。」

擴音器不時傳出刺耳的雜音。

「剛才，我們縣警局收到一則署名國王的神秘人物寄來的簡訊。根據簡訊的內容判斷，你們全班很可能感染了凱爾德病毒。在我們掌握更正確的情報之前，你們絕對不可以離開教室。」

夢斗和班上的同學不約而同地往窗邊移動。在拿著擴音器的宮內大樹背後，停了一輛大卡車。卡車附近有幾名身穿白色防護衣的人影來回走動。原本開著的校門已經關閉，前面還用沙包堵了起來。

「怎麼回事？那樣的話，我們豈不是回不了家嗎？」

站在夢斗旁邊的陽平，用力拍擊著窗戶的邊框說。

「警察到底在想什麼？不是應該先帶我們去醫院嗎？」

「他們打算把學校封鎖起來。」

夢斗用力咬牙，發出咯哩的聲音。

「因為學校附近民宅比較少，而且放我們出去到處走動反而危險。」

「危險？」

「凱爾德病毒很可能會因此擴散開來。」

「這、這麼說，我們要一直留在學校裡面嗎？」

「我想是吧。如果我們感染的凱爾德病毒，是在北海道擴散的新型，那麼，抗體恐怕還沒有研發出來。」

「哈、哈哈，這樣我們豈不是死定了？」

陽平乾澀地笑了幾聲後，蹲了下來。

「可惡……為什麼我們會遇到這種倒楣事啊！」

「陽平……」

對於陽平的疑問，夢斗也不知道該怎麼回答。

「岩本老師，我們會變成什麼樣子？」

女學生們紛紛朝岩本的方向聚集，幾乎把他團團圍住。岩本的額頭冒出汗水，張開蒼白的嘴唇說。

「總之，先冷靜下來吧，陽子。」

「可是，由美和百合子已經……死了……」

陽子豐腴的身材微微地震動著。

「啊……啊啊啊……」

「陽子，不要擔心，警察一定會想辦法的！我們只要乖乖待在這裡，等事件落幕後就沒事了。」

岩本的嘴角不自然地抽動，勉強擠出笑容。

「大家都冷靜下來！反正，在這種情況下，我們什麼也不能做。」

「老師，我有問題想問您。」

英行站到岩本的面前。

「剛才，您不是從陽平那裡拿到一張信紙嗎？是不是和國王遊戲有關？」

「啊……」

岩本從口袋裡掏出被捏皺的紙張。

「難道，這不是惡作劇……？」

圍繞在岩本附近的學生，爭著看信紙的內容。

「我要化身成國王，懲罰我們全班……」

英行嘴裡喃喃地唸著，班上的同學再度陷入不安的騷動中。

「英行！這是不是表示，國王就藏在我們之中呢？」

「這種可能性，不能說完全沒有。」

英行這麼回答，眼睛依舊盯著那張紙。

「從文章的內容看來，八成和國王遊戲有關。也就是說，害我們感染凱爾德病毒的，就是寫這封信的人。凱爾德病毒很可能裝在花瓶的試管裡，然後隨著試管的玻璃爆裂，擴散到整間教室……」

「現在你還有心情推理啊！」

暴怒聲傳來的同時，一張桌子也被掀翻了過去。夢斗轉過頭看，在那張翻倒的桌子前面，站著一個怒氣衝天的大塊頭。這名男同學的肩膀又寬又厚，身高少說有180公分以上，理了個大平頭，臉也曬成黝黑色。

「到底是誰？」大塊頭目光凶狠地來回瞪著班上的同學們。

「是你們其中一個吧？害我們班上的人全都感染了凱爾德病毒的卑鄙小人！」

在他的氣勢壓迫下，誰也不敢出聲。

「幹嘛那麼安靜，出來說句話啊！」

「那是不可能的，龍司。」

剛才瞪著夢斗的誠一郎，把手搭在大個頭的肩膀上，嘴角不懷好意地揚起，頭也微微地偏向一邊。

「如果那個人會主動報上姓名，就不會做這種事啦。我敢斷言，那傢伙是來真的。」

誠一郎瞥了一眼躺在地上的孝明的屍體說。

「雖然還不知道是誰搞的鬼，可是那傢伙實在是太笨啦。開這種玩笑，可是要關上一輩子呢。等等，已經有3個人遭到殺害了，就算嫌犯是未成年，也可能會被判死刑喔。」

「說不定，還會死更多人呢。」

一名女同學甩了甩半長不短的頭髮，從椅子上站了起來。這名女生的面貌姣好，有一對雙眼皮的大眼睛和豐潤的嘴唇，眉毛細長而工整。身高大約是160公分左右。雙腿修長，比例絕佳，簡直就是頂尖模特兒的等級。

誠一郎嚥下口水，朝那個女生走過去。

「妳說，還會死更多人，是什麼意思？奈留美。」

那個叫奈留美的女生瞇起眼睛，張開雙唇說道。

「我的意思是，國王遊戲很可能還會繼續。」

「什、什麼？國王遊戲還會繼續？不可能的，日本政府已經掌握了可以控制凱爾德病毒的那個程式了。」

「喔？你是指奈米女王嗎？」

「是啊，所以就算感染了凱爾德病毒也不用擔心。因為可以利用奈米女王的程式，解除國王發出的新命令。」

誠一郎來回看著班上的同學，像是在等待認同似的。

「聽說在北海道的倖存者，已經解除國王的命令了。就是跟壽命有關的那個命令……」

「問題就出在這裡！凡是住在日本的人，都會知道這個情報才對。也就是說，國王應該也知道了。」

奈留美瞥了一眼岩本手裡拿的那張紙。

「想想看，如果國王知道政府出面干涉的話，還會發出這樣的命令嗎？他大可以發出一次就殺光我們所有人的命令。可是，這次的命令卻只殺了3個人而已。」

「只殺了3個人？……妳……」

「我是說站在國王的立場。再者，國王真正想殺的，搞不好是你們呢。」

聽到奈留美這麼說，誠一郎皺起了眉頭。

「哼……我先把話說清楚喔。智輝自殺跟我們沒有關係，他是自己想死的。那傢伙本來就很愛惹麻煩。」

「你不要老是說智輝的壞話行不行。」

「為什麼？就是因為智輝，我們才會被捲入國王遊戲耶！」

「國王可不這麼想。他認為是我們全部的人殺了智輝。就算是無心的，也沒有差別。」

奈留美聳聳肩，嘆了口氣說。

「還有，國王應該和智輝的交情不錯，否則誰會做這種事。」

「那又怎麼樣？」

「你還聽不懂嗎？意思是，你再繼續說智輝的壞話，小心把國王給惹惱啦。」

「啊……」

誠一郎的嘴像金魚般啵啵啵地動著。看到這個反應，奈留美忍不住笑了。

「你終於懂啦。也許你不在乎惹惱國王，可是，要是國王因此發出更殘酷的命令，到時候會牽連很多無辜的人。」

「……妳認為，還會有新的命令來嗎？」

「當然有這種可能啊。總之，現在還不能掉以輕心就是了。」

「妳說得對。」

英行打斷了他們的談話。

「的確，目前的情況不宜衝動發言。不過我倒認為，國王應該不是我們其中之一。」

「嗯？意思是，那張紙裡面寫的內容，是騙人的嗎？」

「如果國王真的混在我們之中的話，那不是很奇怪嗎？我懷疑，這只是讓我們起內訌的手法罷了。」

「嗯嗯……有可能喔。不愧是班長。」

奈留美伸出粉紅色的舌尖，舔著上唇說。

「不過，國王和智輝的交情很好，這點應該錯不了。否則，國王沒有理由挑我們班進行國王遊戲，不是嗎？」

「的確，國王很有可能和智輝的關係匪淺。我想還是請警察去調查智輝的父母和兄弟姊妹比較好。」

「嗯，這是個好辦法，岩本老師。」

奈留美對岩本說。

「把那張紙交給警察吧，順利的話，說不定很快就能找出國王了。」

「嗯嗯，好，就這麼辦。」

岩本把手上的紙折起來，往門的方向走去。

「那麼，你們先在這裡等，我去跟警察說一下就回來。」

「是。老師加油！」

看到奈留美笑嘻嘻地對著岩本揮手，陽平忍不住嘆了一口氣。

「奈留美真的很冷靜。不愧是女王陛下。」

「女王陛下？」

夢斗貼近陽平的耳朵問。

「這句話是什麼意思？」

「就是本班的女王啊。看她的外表就知道了吧？奈留美曾經當過讀者模特兒，而且，她還是學生階級之中，最高級集團的隊長。」

「學生階級？」

「拜託，你不知道嗎？就是區分同學等級的身分制度啊。」

陽平指著教室前面抱在一起發抖的兩個女生說。

「那個綁兩條馬尾、個子比較嬌小的女生叫鈴木若葉。她旁邊那個，是典型的東方長髮美女，叫白川伊織。啊、還有一個叫雪原久志的男生，這3個人加上奈留美女王，就是本班的首席陣營。你知道他們為什麼是首席陣營嗎？」

「……因為長得不錯？」

「答對了。奈留美就不用我多介紹了。若葉是蘿莉型的美少女，而伊織呢，是排在奈留美後面，班上最受男生歡迎的第2名女生喔。久志不愛出風頭，卻是男生之中長得最帥的一個。我覺得他們四個會湊在一起，並不是偶然。」

「那麼，還有其他的陣營嗎？」

「有啊。例如以藤原誠一郎為中心的陣營。像剛才那個暴跳如雷還打翻桌子的松永龍司，加上幾個男生，就是誠一郎陣營的人。不過我勸你，最好不要跟他們扯上關係。」

聽到陽平這麼說，夢斗的眉頭動了一下。

「為什麼呢？」

「因為他們就是害智輝走上絕路的那幫人啊。」

陽平刻意壓低音量，看著誠一郎說。

「他們把智輝欺負得好慘。叫他去偷窺女生更衣室，還逼他吞蟬的屍體呢。」

「……這太過分了吧。」

「如果我們看到的話當然是會阻止啦，可是又不是每次都會看到。我想，誠一郎他們在校外，一定也是這樣欺負他。」

「智輝自殺時，難道沒有人檢舉他們嗎？」

「是有吵了一陣子，可是學校跟他的父母說沒有霸凌這回事。當然，智輝的父母親無法接受這樣的說詞。」

「說得也是……」

「智輝自殺之後，那個陣營還是繼續欺負其他的同學。所以我勸你小心點，他們專挑那些沒有加入陣營的孤鳥。」

「還有別的陣營嗎？」

聽到夢斗這麼問，陽平的下巴動了一下。

「還有就是班長……英行那個陣營囉。他們的人數最多，但是成員很普通。」

「陽平，你是班長那個陣營的人嗎？」

「不，我是獨行俠，不過並不孤單喔。應該說，我喜歡和每個陣營保持一定程度的往來。我這個人很喜歡社交，所以才會主動找你攀談啊。」

此時英行朝著交談的夢斗與陽平走了過來。

「陽平、夢斗，過來幫忙把孝明他們搬到隔壁的教室。一直擺在這裡，大家會害怕。」

「喔……嗯嗯，好。」

夢斗連忙回答。站在旁邊的陽平無奈地嘆了口氣後，也點頭答應。

「唉，怎麼會被捲入國王遊戲呢，而且只限定我們班，真是有夠倒楣。混蛋！」

聽到陽平的話，周圍的同學們莫不捏把冷汗。

讓全國高中生深受其害的國王遊戲，結束至今已經超過4個月了。當時，每個高中生們都想盡辦法要活下去，夢斗也一樣。

——那個惡夢又要開始了嗎？而且這次，國王還特別指名我們班……。
夢斗的指甲，不自覺地陷入了自己的手心裡。

【10月29日（星期五）傍晚5點35分】

橘紅色的陽光照進夢斗他們所在的教室裡。夢斗的右手摀著眉頭的上方，出神地看著窗外。校門口前有幾名穿著防護衣的男子，正陸續把奶油色的箱子搬進校園，裡面應該是裝晚餐的便當吧。夢斗旁邊的由那，張開緊閉的雙唇說：

「好像可以吃晚餐呢。」

「嗯，可是我沒什麼食慾。」

夢斗依然凝視著窗外，這樣回答。

「應該也準備了毯子和換洗的衣物吧，因為我們可能要在學校裡住上好一陣子。」

「我們的處境和北海道人一樣了。」

「就是啊，大家同樣都感染了凱爾德病毒……」

從口袋裡拿出智慧型手機，看著上面的螢幕。畫面顯示出一則來自縣警警備局的簡訊。

【這是給赤池山高中2年A班全班同學和級任老師岩本和幸的簡訊。你們很有可能已經感染了凱爾德病毒，根據凱爾德病毒的相關新規定，必須加以隔離。在指示下來之前絕對不要離開學校，沒有經過允許也禁止和外界聯絡。就算是打給家人也不行。要是不服從指令，有可能會被判刑，請大家注意。】

「被判刑……？」

夢斗的腦海裡出現了身為單親媽媽的母親身影。

——媽一定很擔心吧？希望不要影響她的病情才好。

由那的食指輕輕戳了一下夢斗的手臂。

「夢斗，你有沒有聽說過，感染凱爾德病毒的人會被殺死的傳聞？」

「被殺死？」

「嗯。我聽人家說，有人想從北海道逃到本州，結果遭到自衛隊特殊部隊射殺呢。」

「咦？有這樣的報導嗎？」

「只是傳言而已。可是，就算政府真的這麼做也不稀奇，畢竟還是得防止凱爾德病毒擴散到全國。」

「……」

夢斗乾澀的舌頭在口中動著。

——如果這個傳言屬實的話，我們的確有可能會被殺死。因為只要我們死了，體內的凱爾德病毒也會跟著死去。對政府來說，這是最保險的做法。

教室的開門聲打斷了夢斗的思考。幾名全身穿著白色防護衣的陌生人走進了教室。其中一名男子站在講台的中間，用模糊的聲音說：

「很抱歉，以這樣的穿著出現在各位面前。我是埼玉縣警警備局的宮內大樹。」

「啊……就是用擴音器向我們喊話的那個人。」

岩本眼睛閃爍著光芒，朝宮內跑去。

「接下來，我們該怎麼辦呢？」

「請大家先冷靜下來，我現在馬上跟大家做說明。」

穿著防護衣的宮內，眼睛左右來回看著夢斗他們。

「剛才，各位的抽血結果已經出來了。非常遺憾，已經確定你們全班都感染了凱爾德病毒。」

「全班……？」

岩本頓時臉色大變。

「檢查沒有問題嗎？你們有在合格的地方進行檢驗嗎？」

「當然有。各位感染的，好像就是在北海道擴散開來的凱爾德病毒。」

「這……這是真的嗎……」

誠一郎推開垂頭喪氣的岩本，站在宮內的面前。

「喂！新型的凱爾德病毒抗體，還沒有研發成功嗎？」

「很遺憾，還沒有。藤原誠一郎。」

「……你知道我的名字？」

「是的。發生國王遊戲的事件之後，我們已經查過岩本老師和你們全班同學的資料了。」

「那麼，查出誰是國王了嗎？交給你們的那張紙上面，應該有國王的指紋吧？」

「我們的確在那張紙上面採集到了幾枚指紋。不過，是國王……也就是犯人的可能性很低。那些指紋大概是摸過這張紙的學生或是岩老師的吧。」

「警、警察先生！」

在誠一郎背後的陽平舉右手發問。

「我想，指紋可能是我或夢斗的。可是字跡呢？如果是用血書寫的話，只要做DNA檢查，不就可以查出誰是國王了嗎？」

「嗯，我們使用了最新先進的方法鑑定過了。陽平說得沒錯，那篇文章是用血書寫的。」

「那麼，知道犯人是誰了嗎？」

陽平的話在教室裡引起一陣騷動。班上的同學個個神情嚴肅地互看彼此。

「放心吧。在場所有同學的DNA，都和血書上的DNA不吻合。」

聽到這句話，大家同時發出嘆息聲，表情也放鬆了許多。

岩本用上衣的袖子邊擦汗邊問道：

「這麼說的話，國王並不是我們班上的學生囉？」

「這點還無法斷定。但是，至少知道是用誰的血寫的。」

「是、是誰的血？」

「是再生的信徒中山和夫。他已經死了。」

「死了？」

岩本睜大眼睛，看著身穿防護衣的宮內。

「這是怎麼回事？難道，死人也會重啟國王遊戲嗎？」

「不。而是殺害中山和夫的凶手，就是策劃這次國王遊戲的犯人。」

宮內的聲音聽起來模糊不清，

「中山和夫是在埼玉市西區的一間單身公寓內遭人殺害的。這是8天前發生的事，死因是被人用利刃刺入脖子而死。」

「8天前？」

「是的。我們找到中山和夫在公寓內培養凱爾德病毒的證據。我想，他應該握有控制凱爾德病毒的奈米女王程式才對。」

「這麼說，犯人是利用那個程式進行國王遊戲嗎……」

「他一開始就挑上你們這個班……」

宮內的頭左右轉動，看著班上的每個學生。

「那個自稱是國王的傢伙和你們班有關係，這點應該錯不了。除此之外，我實在想不出其他的動機了。」

「會不會是智輝的家人？」

「這件事還在調查中，我們不便發表意見。不過，我們會請求你們家人協助……」

「警察先生，那個……」

奈留美對宮內說：

「搜查犯人固然重要，不過我們以後該怎麼辦呢？就算抓到了犯人，可是如果凱爾德病毒沒有解決，我們豈不是要一直住在學校裡面了？」

「很抱歉，在凱爾德病毒的抗體研發出來之前，也只能這樣了。」

宮內毫不猶豫地回答。

「目前，感染凱爾德病毒的人數，在北海道有3萬人，他們全部都不能離開北海道，你們也一樣。」

「我們要被關在這個小小的校園裡，怎麼可以拿我們跟那些可以在廣大的北海道自由活動的人比呢。」

「研究人員正在不眠不休地進行凱爾德病毒的研究。相信再過不久，一定可以找到新型病毒的抗體。」

「也就是說，病毒抗體不可能在今天或明天做出來對吧？」

奈留美無奈地搖搖頭，一屁股往離自己最近的書桌坐下，把腿翹了起來。看到一對健康膚色的大腿從格子裙露出來，宮內的視線趕緊從奈留美的身上移開。

「總之，餐點、棉被、換洗衣物，我們都會幫各位準備好。接下來，就只能等那個自稱是國王的犯人落網、沒收奈米女王……」

「等一下！沒收奈米女王？奈米女王不是已經在政府的手上了嗎？」

「……可是中山和夫擅自改寫了奈米女王的程式，只有那個程式，才能控制你們體內的凱爾德病毒。」

聽到這番話，教室裡的氣氛一下子又降到冰點。岩本張開慘白的嘴唇說：

「這麼說，萬一我們又收到國王遊戲的命令，也無法解除囉？」

「目前的情況的確是這樣。」

「這什麼話……」

岩本抓起穿著防護衣的宮內手腕。

「你說得可真輕鬆。這裡有一群高中生呢！下一道命令的內容，說不定又會造成人命的傷亡啊！」

「這個……」

「請你冷靜下來。」

正當宮內無言以對的時候，他身旁傳出威嚴十足的女性聲音。全班學生的視線不約而同地看向那位站在宮內身旁、同樣穿著防護衣的女人。

「妳是……女的？」

「是的，我是埼玉縣警警備局的川島美奈。」

穿著防護衣的女人點頭回應。

「大家在這裡吵來吵去也解決不了問題。總之，眼前只有請大家相信政府了。」

「真的……可以相信政府嗎？」

岩本布滿血絲的紅眼睛，認真看著防護衣內川島的臉。川島也毫不避諱地回看他。

「除了相信，沒有別的選擇了，因為你們誰都不能離開校園。」

「開什麼玩笑！」

誠一郎旁邊的龍司，用他的大手重重打在桌面上。

「我偏要回去！整天留在學校，我可受不了！」

「……我勸你最好別做這種傻事。因為這麼做的話，你很可能會死。」

「嗄？會死？」

「要是有人逃出學校或是跑回鎮上的話，都會被強制帶回來。到時候警察使用的武器，可是鎮暴用的橡皮子彈。萬一被射到要害，難保不會出人命。」

冷靜的聲音在教室裡迴響著。學生們的臉就像剛泡過冰水一樣慘白。

「……妳是說真的嗎？」

「當然是真的。你們感染了足以毀滅這個世界的凱爾德病毒，所以請你們要有自知之明。在某些國家，感染這種病毒的人是會被直接射殺的。」

川島來回看著被嚇呆的學生們，繼續說下去。

「正因為如此，各位更要保持冷靜，不要自亂陣腳。聽從我們的指示去做就行了，這是最好的辦法。」

「難道，我們什麼都不能做嗎？」

岩本質問川島。

「你們可以協助警方調查。只要查出犯人是誰，就能阻止國王遊戲繼續下去。」

「只要查出犯人……」

「是的。國王寄給我們縣警的簡訊中，寫了幾條妨礙調查工作的指令，所以警方的行動也受到不少限制。」

「是、是什麼樣的指令？」

「不准在校園內進行調查，而且只能在規定的時間內進入學校。國王甚至威脅警方，要是不服從指令，就要在東京都內散播凱爾德病毒。」

穿著防護衣的川島，瞇起了眼睛。

「接下來我要說的，是我個人的假設。如果犯人是你們其中之一，請盡快出面。日本政府希望能進行理性的對話。如果對北村智輝的自殺有什麼不滿，政府也會考慮設置調查委員會，進行嚴密的調查……怎麼樣？」

對於川島提出的建議，並沒有人回應。

「……話說回來，我認為犯人是你們其中之一的可能性太低了。」

「也許吧。」

奈留美坐在桌子上，開口說。

「要是國王真的混在我們之中，那他自己不是也會感染凱爾德病毒嗎？國王不會傻到冒這麼大的風險吧。」

「嗯嗯，按照常理來說是這樣沒錯，可是……」

「可是？怎麼了嗎？」

「犯人並非正常人，我懷疑他真的不會冒這麼大的風險嗎……」

「……啊哈哈，也是啊。犯人已經透過凱爾德病毒殺了3個人，的確不是正常人。」

在一旁靜靜聆聽奈留美說話的夢斗，突然間感到一股寒意上身。

【10月29日（星期五）晚間11點45分】

夢斗一邊喝著配給的保特瓶茶飲，一邊望著窗外的景象。四周的天色已經變暗，繁星在夜空中閃閃發亮。往下方看去，學校外面的樹林中透出好幾道光束。

「那是在監視我們的吧……」

聽到夢斗在自言自語，陽平走了過來。

「真是辛苦他們了，我們又不會逃跑。」

「就是說啊，我們都感染了凱爾德病毒，就算逃到外面也沒意義，只會讓病毒擴散而已。」

「你說得沒錯，尤其我們現在都成了名人，誰會想逃。」

「名人？」

「網路上到處都在流傳我們班的名簿和大頭照。打開每個討論區，幾乎都在談論國王遊戲的相關話題。」

陽平把自己的手機畫面秀給夢斗看，上面有許多和國王遊戲相關的留言。

【赤池山高中2年A班的同學們，你們在看嗎？加油！我吃可樂餅為你們加油！】

【男生死光最好啦，女生要活著喔。】

【就是啊，他們班女生的水準真不是蓋的，有好幾個都好正。我首推牧村奈留美女王。】

【奈留美以前當過讀者模特兒。我比較喜歡白川伊織啦，那種神秘感真令人難以抗拒。】

【我選鈴木若葉妹妹。好想舔她的腋下喔。】

【蘿莉控辛苦了。】

【牧村奈留美S、白川伊織S、鈴木若葉S、伊藤由那A、松崎香風A、奧園未玖A、前田美樹B、小島理子B……】

【別鬧了！美樹哪可能是B，是A吧。還有伊藤由那是S吧。】

【他們班也有好幾個帥哥。雪原久志像偶像竹川潤。神塚蒼太也超可愛的，我最喜歡弟弟了。】

【正經點好不好！現在在討論國王是誰！國王的目的是什麼！】

【這個班上曾經有學生自殺，國王應該是他的親人吧。】

【話是沒錯，可是這樣太沒意思了，有沒有其他可能？】

【應該是那個吧？就是最近很紅的，長生不老的那個。】

【你是指在國王遊戲中，因為體內的凱爾德病毒變種，變成長生不老的倖存者嗎？那個謠言不是真的吧。】

【不一定喔，聽說凱爾德病毒有讓人長生不老的魔力。】

【如果能長生不老，那我也要參加。】

【一定是騙人的啦，怎麼能當真呢。】

【廢話少說，他們最好全都死光，這樣本州就安全啦。】

【哪有這種事？要死大家一起死吧。我想感染凱爾德病毒。】

夢斗嘆了口氣，視線從手機螢幕上移開。

「根本是都在瞎扯嘛。」

「人都是這樣吧。話說回來……」

陽平神情嚴肅地把手搭在夢斗的肩膀上。

「夢斗，你說，國王會不會真的躲在我們之中？」

「我怎麼知道。」

夢斗連忙搖頭說。

「我才剛轉來這所學校，對班上同學根本不瞭解。」

「唉，就因為這樣，所以我才會問你啊。」

陽平一邊說，一邊往四周張望。教室的桌子全部被移到後面，上面放了好幾個睡袋和幾條棉被。留在教室裡的學生，每個看起來都疲憊不堪。平常交情好的死黨也各自形成小圈圈，互相取暖。

「我猜，國王應該是我們班的人。」

「……你有什麼證據嗎？」

夢斗低聲質問陽平。

「如果國王是我們班的人，就表示他殺了自己的同學孝明等人啊！」

「沒錯。按常理來說是不可能，可是那位女刑警也說啦，如果是精神不正常的人就有可能。」

陽平用銳利的眼神，盯著班上的同學看。

「說不定，那個人是因為日本爆發了國王遊戲，所以感覺變調了。」

「感覺變調？」

「嗯嗯。正確來說，就是對死的看法。在國王遊戲爆發之前，我一直覺得死亡離自己好遙遠。可是在上次的國王遊戲中，我的老同學們幾乎都死光了。」

「……嗯，我的很多朋友也死了。在施打抗體之前，大家都因為國王遊戲殺得你死我活。」

夢斗皺著眉說。

「是啊，對現在的日本民眾或是年輕人而言，死亡已經是家常便飯了。」

「在這樣的環境下，國王的價值觀應該也會改變……」

「也許吧。因為，正常人就算對智輝的死感到氣憤不平，也不會用這麼激烈的手段報仇。可是在目前環境的影響下，這樣的行為似乎也沒什麼好大驚小怪的。雖然還沒查出誰是犯人……不過，應該就是這樣吧。」

陽平盯著夢斗說。

「我個人認為，至少你不可能是國王。因為你從沒見過智輝對吧？換句話說，你並沒有執行國王遊戲的動機。可是，班上其他人我就不敢肯定了。」

「你懷疑誰嗎？」

「幾乎全部的人我都懷疑。」

「全部……？」

「不是嗎？人心難測啊。說不定，有些人外表看起來完美無瑕，內心卻陰險狡詐。」

陽平的視線移到奈留美身上。她正在和同陣營的若葉和伊織一起吃著配給的零食。若葉和伊織滿臉憂心忡忡，奈留美卻是一副悠哉的模樣。

「奈留美好像膽子很大呢。」

「那傢伙是無懈可擊的超人。不但人長得美，功課又好，在班上的成績僅次於班長英行。還有，她的運動細胞是女生之中數一數二厲害的。」

「……可是，條件那麼好的人，可能會殺死班上的同學嗎？」

「誰知道……。不過你說的也有道理，奈留美那個陣營個個都是天之驕子，犯不著賠上自己的美好人生。」

「誠一郎的陣營裡，應該也沒有國王吧。」

夢斗看著誠一郎的方向說。誠一郎陣營的成員聚在一起，個個面露凶光，不知道在討論什麼，似乎是對降臨在自己身上的厄運感到非常憤怒。

「誠一郎他們以前老是欺負智輝，而一心想替智輝復仇的國王，有可能欺負智輝嗎？」

「可能性確實很低，可是並不是完全沒有。會霸凌的人，通常心態都有問題。說不定，智輝的死並不是他們真正的動機。」

「難道，還有別的動機嗎……」

「嗯嗯。那張紙上面寫的內容又不能肯定是真的，說不定是敵人的陰謀。」

陽平用手搔了搔頭上的短髮，無奈地咋舌。

「警察那邊也沒有新的消息傳來。我想，我們八成又會收到新的命令吧。」

「……誰知道。可是就算會收到，也要等到明天中午吧。」

「為什麼你會這麼認為？只要握有奈米女王，任何時間都可以下命令不是嗎？」

「因為那張紙上面署名『國王』啊。」

夢斗的腦海裡浮現出那張用血書寫的信。

「既然要進行國王遊戲，我覺得應該是每隔24小時發出一道新命令。之前的國王遊戲幾乎都是這樣。」

「啊！說得也是。既然自稱是國王，那麼很有可能會這麼做……」

「嗯。老實說，我也不想猜中這種事……」

夢斗用拇指的指甲頂著嘴唇，來回看著班上的同學。

——國王就在我們班上嗎？還是，躲在其他地方……？

不知為何，夢斗感到喉嚨異常乾渴，於是拿起手裡的瓶裝茶，連續喝了幾口。

命令2

【10月30日（星期六）中午11點53分】

快到12點的時候，學生們全部集合到2年A班的教室裡。每個人的表情都非常緊張，誰也不想開口說話。夢斗坐在座位上，眼睛專注地盯著智慧型手機的螢幕。國王的簡訊還沒有傳來。

夢斗抬起頭看，其他同學也跟他一樣，緊盯著手機的螢幕。

確認班上的同學到齊之後，站在講台上的岩本老師開口說。

「剛才，我和警方通過電話了，他們好像還沒有抓到國王。」

聽到這樣的宣布，學生們個個神情凝重。班長英行蒼白的嘴唇嘆了一口氣。

「也就是說，隨時都可能收到國王遊戲的命令對吧？」

「……是的。警方奉勸我們，收到的時候一定要保持冷靜。」

「保持冷靜？我們很可能會死耶，誰還能保持冷靜！」

「說得也是。」

岩本無奈地笑笑。

「連我這個當老師的，遇到這種情況都靜不下心。」

「老師……」

擔任圖書委員的陽菜子從椅子上站了起來。

「也有可能不會再有簡訊啊！如果國王是昨天死去的三位同學之一的話。」

「我想應該不可能。」

英行代替岩本搶著回答。

「如果國王是我們其中之一，那他應該早就知道命令的內容了，怎麼可能死於那個命令呢。」

「……說、說得也是。」

看到陽菜子喪氣地垂下肩膀，奈留美笑了。

「陽菜子也有這麼迷糊的時候啊。或者，妳是想用這種方式昭告大家，自己不是國王？」

「妳在胡說什麼？難道妳懷疑我是國王？」

「最早發現講桌上裝有凱爾德病毒的花瓶的人，不就是妳嗎？誰曉得妳是不是在自導自演？故意把花瓶放在講桌，再假裝自己是第一個看到的人。」

「我怎麼可能做這種事！更重要的是，能夠控制凱爾德病毒的，只有那個叫奈米女王的程式不是嗎？我又沒帶電腦來，怎麼控制病毒！」

「這可難講喔！寫程式是不容易啦，可是使用卻很簡單啊。」

「……妳真的以為我是國王嗎？」

被陽菜子這麼一問，奈留美發出沉吟的聲音。

「嗯嗯——聽妳剛才的說法，我也覺得不太可能是妳。那麼，比較有嫌疑的是……星也囉？」

「嗄？我、我？」

一個坐在靠窗戶那排的位置、個頭矮小的少年驚恐地用手指著自己。他戴著白色鏡框的大眼鏡，比夢斗略瘦，給人弱不禁風的印象。
戴眼鏡的星也，眼睛不停地眨呀眨。
「為什麼懷疑我是國王……？」
「我記得你對電腦很拿手，而且家裡好像有好幾台電腦對吧？我認為，你應該有辦法騙過警察的耳目，傳送國王遊戲的命令。」
「這、這種事情，只要透過代理伺服器，就不容易被查出ＩＰ啦。」
「瞧，雖然我不太懂電腦用語，可是你真的對電腦很熟呢。」
「只因為這個理由，就懷疑我嗎？」
「當然不只是這樣，而是我曾經親眼看過。」
奈留美伸出粉紅色的舌頭，舔著豐潤的嘴唇說。
「星也，你曾經和智輝一起逛車站前的商店街對吧？我記得，那是在智輝自殺前一星期的事。」
「啊……」
星也的臉色越來越蒼白。
「那天，我只是在放學途中巧遇智輝。通常，我們在校外遇到同學，不是都會聊一下嗎？」
「喔，是巧遇啊？可是那時候，班上都知道智輝遭到霸凌。難道你不擔心跟他在一起，自己也會變成霸凌集團的目標嗎？」
「喂！奈留美。」

龍司用力拍了一下桌面。

「什麼霸凌集團？妳是在指我們嗎？學校方面都已經說了，智輝自殺的事情跟霸凌沒有關係！」

誠一郎敲了一下正在氣頭上的龍司的頭說：

「冷靜點，龍司。」

「可是，奈留美那傢伙講那種話，好像在指涉我們霸凌智輝！」

「那本來就是事實啊。」

「喂、等等！誠一郎……」

「其實，我也反省過。」

誠一郎撥開覆蓋在工整雙眉上的前髮，眼睛來回看著班上的同學。

「我們是想和智輝做好朋友，才會找他一起玩摔角。可是，也許對智輝來說那是一種霸凌吧。那件事情發生後，我一直都想去向智輝的父母賠罪。」

班上所有人都吃驚地看著誠一郎。

「不要露出那種表情嘛。雖然我們不是故意的，可是智輝自殺是事實。我也覺得我們要負起責任。所以，如果國王就在我們之中的話，請不要再懲罰我們了。」

誠一郎雙手往外一攤，無奈地笑著說。

「就算進行國王遊戲，也不可能讓智輝起死回生。不如給我們一個反省的機會，讓我們到智輝的墳前認錯道歉，這樣不是比較好嗎？」

這時候，誠一郎放在桌上的智慧型手機響起簡訊的鈴聲。同一時間，班上其他同學的智慧型手機和行動電話，也發出簡訊的鈴聲。

夢斗一邊在內心祈禱，一邊確認智慧型手機的畫面。

【10／30星期六12：00　寄件者：國王　主旨：國王遊戲　本文：這是赤池山高中2年A班全班同學和級任老師岩本和幸強制參加的國王遊戲。國王的命令絕對要在時限內達成。※不允許中途棄權。※命令2：12個小時之內，全班以不記名方式進行投票。用黑筆在紙上寫下希望誰活下去，用紅筆寫下希望誰去死。被黑筆寫名字的人加1分，被紅筆寫名字的人扣1分。分數最低的人必須接受懲罰。　END】

看完簡訊後，夢斗深深地嘆了口氣。

——國王遊戲果然還在繼續，而且這次的命令是……。

他看了一下四周，班上的同學們個個臉色鐵青，神情凝重地盯著手機螢幕。連站在講台上的岩本也是盯著手機發楞，手不停地顫抖。

「老、老師！」

副班長前田美樹跑向岩本。

「這次的命令，該怎麼辦？」

「啊……這個……」

岩本用上衣的袖子擦拭冒出來的汗水。

「總之，先冷靜下來再說，美樹。」

「怎麼可能冷靜嘛！從這個命令看來，一定會有人受到懲罰啊。」

美樹的話，毫不留情地刺入同學們的心。

——沒錯！有人會因為這個命令而死，而且是依照大家的投票結果而定……。

夢斗感覺胸口悶得幾乎喘不過氣，於是趕緊將上衣最上面一顆鈕釦打開。

「可惡！這是什麼命令！」

學生之間開始騷動了起來。

「開什麼玩笑！這種投票怎麼進行啊！」

「就是啊！我並不希望班上有人死。」

「可、可是，不服從國王命令的話就要受罰，我們也只能照做了。」

「你的意思是，要用投票的方式決定誰死嗎？我才不要！」

「我也不想！可是不投票的話，死的是自己啊。」

「討厭！我還不想死！」

「那還用說嗎，誰都不想死！」

「各位！請冷靜下來！」

岩本拍著黑板說。

「大家在這裡爭吵也無濟於事。時間還很充裕，在此之前，也許警方會想出什麼對策。」

「萬一，他們也束手無策呢？」

奈留美對岩本提出這樣的質疑。

「再過12個小時就要投票了，我認為在這段時間內抓到國王的可能性太小了。」

「這……」

「老師，到時候我們要投票嗎？這樣真的會出人命啊。」

「……老師也不知道該怎麼辦。這樣吧，我去找警察商量看看。」

岩本說完之後，表情痛苦地走出教室。

奈留美莫可奈何地聳聳肩。

「唉，到底只是個小公務員，什麼事都做不了決定。」

「奈留美，現在該怎麼辦？」

跟奈留美同一個陣營的若葉走過來，大大的眼睛裡滿是淚水。看到她這個樣子，奈留美笑著安慰她。

「不用擔心，班上很多男生喜歡妳，妳絕不可能是分數最低的那個啦。」

「是……是嗎？」

「嗯，我反而比較擔心自己呢。我知道自己是樹大招風。」

「奈留美怎麼能夠受懲罰呢！絕對不行！我會用黑筆寫妳的名字，這樣妳就可以加1分了。」

「謝謝妳，若葉。雖然妳這個人有點迷糊，不過心地還算善良。」

奈留美一面抱緊若葉，一面看著班上其他同學。

「簡直就跟男生舉行的人氣投票沒兩樣。只不過，這次是男女混合投票，而且多了懲罰的規則。」

夢斗咬著嘴唇，盯著桌面看。

——如果進行投票的話，我很可能是分數最低的那個。畢竟我才剛轉來，一個朋友也沒有，跟班上也幾乎沒有交集。就連今天，我也只跟由那和陽平說過話而已。

一想到班上的同學用紅筆寫下自己名字的那個畫面，夢斗不由得倒抽了一口氣。

【10月30日（星期六）下午1點42分】

打開頂樓的門，望見一片湛藍的天空。太陽早已爬到頭頂的正上方，頂樓的地面也被照得泛白。夢斗走向防墜網前的一張長椅，坐了下來，重新檢視手機螢幕上的國王遊戲訊息。

「再過10個小時就要投票了……」

幾十分鐘之前，岩本回到教室後所做的宣布令人大失所望。政府至今還沒有想出解除國王遊戲的對策，所以這次得由同學們自行決定，要不要服從國王的命令。

此外，因為投票結果而造成的死亡，也不會有人被追究刑責。這點讓夢斗感到非常意外。

——既然政府都表態了，大家應該會投票吧。這是唯一的辦法了。要是棄權不投票的話，受罰的可能性很高，而且受罰的人數反而更多。

「原來你在這裡啊，夢斗。」

聽到有人叫自己的名字，夢斗連忙轉過頭去看。班長英行就站在前面，他把手上的麵包遞給夢斗之後說：

「這是剛才發的麵包。我不知道你愛吃什麼口味，所以只帶了一些。」

「謝、謝謝你。」

「不客氣。對了，我來找你，是有話要跟你說。」

「喔？你要跟我說什麼？」

「……你打算投票給誰？」

「咦？投票？你是指國王遊戲？」

「這還用問嗎！」

英行帶著苦笑在夢斗的旁邊坐了下來。

「你才剛轉來，對班上的同學還不是很瞭解吧。你是不是正在煩惱，就算用黑筆寫了自己的名字，也不知道要用紅筆寫誰對吧？」

「我還沒決定啦。」

「……我就知道，也是啦，這種事不是那麼容易下決定的。因為自己的那一票，很可能會造成班上某位同學的死亡。」

聽到英行這麼說，夢斗的身體不禁震了一下。看到他這種反應，英行瞇起了眼睛。

「你這個人感覺還滿老實的。話說回來，誠一郎他們似乎也正在為了該投給誰才能安全過關的問題在傷腦筋呢。」

「你是指誠一郎的陣營嗎？」

「嗯嗯。你已經知道陣營的事啦？像我們陣營的成員就是我、副班長前田美樹、丸井陽子、添田愛、奧園未玖、岩下櫻。另外還有兩名男生，押井武和鶴見四郎，大概就這幾個人。我們經常一起行動。還有，南百合子之前也是我們陣營的……」

英行皺著眉頭說。

「我是班長，照理說應該對班上同學一視同仁，可是說得容易，做起來難啊。班上有些同學一拍即合，有些就是八字不合。以我來說，我就覺得奈留美他們那個陣營太自我中心了，而誠一郎那幫人一天到晚惹麻煩，真的很令人頭疼。儘管如此，我跟他們還是相處了至少半年以上的時間，跟你這個轉學生不同。」

英行神情嚴肅地看著夢斗。

「所以，我決定把票投給你。」

「投給我……？」

「本來，我是不需要特地跟你說這些的。不過我想，也許你會納悶為什麼會有人把票投給你吧。啊、投給你是我個人的決定，我們陣營的人不一定會投給你。我已經跟他們說了，要他們自行決定。」

「……嗯，謝謝。」

「謝謝？你不罵我嗎？」

「我明白這是沒辦法的事。」

夢斗臉色蒼白地笑笑。

「要是不投票給某個人，自己就會受到懲罰。如果用紅筆寫自己的名字，那不是跟自殺沒兩樣。」

「就是啊。就算每個人都寫自己的名字，大家的分數都一樣好了，我想也逃不過懲罰，搞不好全班都會死呢。」

「嗯。因為全班都是分數最低的。」

「為了把傷害降到最低，大家也只能乖乖投票了。」

長嘆了一口氣後，英行閉上眼睛。

「剛才你不是說，還沒決定要投給誰嗎？就投我吧。」

「投你？」

「是啊。我投你一票，你也投我的話，我比較不會有罪惡感。」

說完，英行站了起來。

「老實說，討厭我這個班長的人還不少呢，尤其是奈留美和誠一郎他們。」

「是嗎？」

「奈留美他們對班上活動始終漠不關心，而我和誠一郎他們也因為智輝鬧得很不愉快。」

「是不是因為你想阻止他們霸凌？」

「被我看到的話，當然是會阻止。不過我也不是那麼熱心就是了。智輝總是獨來獨往，而我又常跟班上幾個死黨混在一起……。不過，這些都是藉口啦。」

英行露出自虐的笑容，繼續說下去。

「說要投票給你的我，或許沒資格這麼說。可是我希望你能活下去，如果國王的目的是要替智輝報仇的話，那麼，也許你只是被牽扯進來而已。」

「……」

英行離開頂樓後，夢斗的手還緊握著拿到的麵包。

「肯定會拿到一個負分了……」

一打開教室的門，就看到由那正站在窗戶旁邊跟一位女生說話。夢斗記得那個女生叫松崎風香。風香的體型偏瘦，留著一頭俏麗的短髮，身高比由那稍微高一些，肌膚則是健康的小麥色。

——我想起來了，由那和風香並沒有加入英行的陣營。

「啊……夢斗。」

由那暫停和風香的談話，朝夢斗這邊走來。

「呃……這位女生是……」

「是風香對吧？松崎風香。」

聽到夢斗說出自己的名字，風香微微地笑了。

「你對女生的名字記得可真清楚啊，我以為你們只有打過招呼而已呢。」

「記住班上同學的名字，對轉學生非常重要呢。」

「可惜，你的努力也許是白費了。昨天班上有3位同學死去，今天大概又要死1個。所以，你需要記住的人名會越來越少。」

「說不定，在此之前我已經死了。」

夢斗蒼白的臉上露出無奈的笑容。

「這道命令對轉學生太不利了。」

「這點我和由那一樣。投票的方式對那些有加入陣營的人而言，可以說佔了壓倒性的優勢。」

「因為可以控制票數。」

「答對了。那些可能拿到負分的人，也可能因此變成正分。誠一郎好像就是打算用這招自保。」

風香露出嫌惡的表情說。

「那傢伙好像用錢買票呢。」

「買票？」

「聽說，只要給誠一郎一個正分，就能拿到10萬圓。」

「10萬圓？那麼多？」

「誠一郎的父親是建設公司的社長，10萬圓算很便宜了。如果你也想要錢的話，可以加入誠一郎他們。」

「我只是個高中生，哪裡需要用到10萬圓。我連平常放在錢包裡的千圓鈔票都很少用呢。」

說著，夢斗對著放錢包的褲袋拍了兩下。

「風香已經決定好要投票給誰了嗎？」

「我會用黑筆寫自己的名字，至於紅筆要寫誰還沒決定。不過，不管寫誰，感覺都很差。」

「就是啊，我也還沒決定呢。」

「但是，還是得寫個名字才行。」

風香像在督促自己似的，加強了語氣說道。

「如果不投票，自己就會受罰，這樣國王遊戲非但不會結束，還會死更多人。」

「嗯，我也覺得棄權很不明智。」

「就是啊，所以我們得勸勸由那，她堅持不寫別人的名字。」

「由那？」

夢斗看向由那。

「由那，妳不投票的話，自己會死喔。」

「不用你說我也知道。」

由那握緊拳頭，微微地顫抖著。

「可是，要是我投的那個人死掉的話……」

「不管怎麼說還是得投才行。棄權的話，一點意義也沒有。」

「夢斗，難道你不在乎嗎？班上的同學可能會死在你面前啊！」

「……我怎麼可能不在乎。」

夢斗正面看著由那說。

「雖然我才剛轉來，跟班上的同學沒什麼交集，可是大家畢竟還是同學。問題是，現在的情況就是非得選一個人出來不可……」

「選一個出來……」

「夢斗說得沒錯，由那。」

風香拍拍由那的肩膀說。

「現在不是擔心別人的時候。我想，最可能受罰而死的應該是沒有加入陣營的人。就像剛轉來的夢斗，或是我們。」

「……說得也是，我也有可能會死。」

「妳人緣好，應該不會有人投給妳才對，可是妳跟智輝的交情好像還不錯。」

「這也是問題嗎？」

「大家可能會懷疑妳是國王啊。之前有好幾次，妳還為了保護智輝，和誠一郎他們翻臉呢。」

「那是因為我親眼看到同學被霸凌啊，換作是別人看到也會出面吧。就算被霸凌的不是智輝也一樣。」

「嗯，我相信不管是誰被霸凌，妳都會出面。而且現實中，妳的確救過智輝好幾次。也就是說，妳和智輝之間是有關聯的。」

「……妳是在懷疑我嗎？風香。」

由那睜大眼睛，看著風香問。

「我可不是什麼國王喔！」

「妳誤會了啦，我沒有懷疑妳。可是班上其他同學怎麼想，我就不敢保證了。」

風香一面說，一面看著夢斗。

「剛轉來的夢斗可能還不知道吧，我們班上有好幾個危險人物。」

「妳是指誠一郎他們？」

「是啊，他們的領隊誠一郎和龍司平常在班上就很囂張。另外3個，也就是熊谷佐登志、濱谷洋二、神塚蒼太都不是什麼好貨色。尤其是那個神塚蒼太，我覺得他最陰險。」

「神塚……蒼太……」

夢斗回想起站在誠一郎身旁那個總是帶著純真笑容的蒼太。他是全班個頭最嬌小的，看起來就像個中學生。

「我以為蒼太是奈留美的陣營呢。」

「喔，那是因為他看起來很像童顏偶像的緣故吧。蒼太不但受女生歡迎，運動和功課也非常優秀。」

「可是，他也有霸凌智輝吧。」

「嗯。該怎麼說呢，蒼太和誠一郎、龍司他們不太一樣，總是面帶笑容，讓人猜不透他心裡在想些什麼。我們班捲入國王遊戲之後，他似乎並不怎麼擔心呢。」

「我想起來了，蒼太確實比其他人還要冷靜。之前孝明他們死去的時候，他看起來並不害怕的樣子。」

夢斗回想起當時教室裡的情況。班上同學斷頭倒地死去時，蒼太卻一派鎮定地坐在椅子上，彷彿日子還是跟平常一樣。

「人真的不可貌相……」

「你說得沒錯。平常倒還好，可是現在遇到這種情況，搞不好有人會因此性格大變，男生或女生都一樣。」

風香一邊說，一邊來回看著聚集在教室裡的同學。

「誠一郎的陣營平常跋扈又囂張，奈留美他們又太自我。此外，我覺得班長的陣營和那些落單的孤鳥之中，也有幾個危險人物。」

「比方說誰？」

「……也許，我就是其中之一啊。我也不想死，為了活命，我可是什麼事都做得出來喔。」

「什麼事都做得出來嗎……」

看到風香正用銳利的眼神盯著自己，夢斗的喉嚨不禁一陣起伏。

【10月30日（星期六）晚間8點15分】

在課外活動專用的浴室沖過澡後，夢斗到學校中庭散步。夜晚的學校中庭非常安靜，黃白色的燈光，從學校外面照在平坦的地面上。

「……還是不要太靠近校門比較好。」

沿著教室大樓移動，可以看到其中有幾間教室的燈亮著。班上的同學好像分開活動了。

——大家還在煩惱該把票投給誰嗎？還是各陣營已經決定好投票的對象了？

「再過4個小時就要投票了……」

「好像是吧。」

突然間，背後傳來一個男性的聲音。回過頭去看，穿著訓練服的龍司就站在那裡。龍司的頭微微地偏向一邊，慢條斯理地朝夢斗走來。

「終於找到你啦。」

「找我？有什麼事嗎？」

夢斗這麼問。龍司不耐煩地抓抓頭說。

「我有話跟你說，跟我來一下。」

不等夢斗回答，龍司便逕自往前走去。夢斗沒得選擇，只好跟在龍司後面。

來到體育館附近一間水泥工具室的前面之後，龍司停下了腳步。

「嗯嗯……這個地方應該可以了。」

「……喂，你找我有什麼事？」

「你叫什麼名字？」

「夢斗……佐佐山夢斗。」

「夢斗？好罕見的名字。」

龍司瞇起眼睛，盯著夢斗。

「喂！投票之前，先來一場演講吧。」

「演講？」

「嗯嗯，你跟大家說『拜託，請惠賜一票』，理由是你想自殺。」

「……我不想自殺啊。」

「撒點小謊有什麼關係。只要說你想自殺，大家應該會把票投票給你才對。」

「喔，原來你在打這個如意算盤啊。」

夢斗不屑地瞪著比自己高出10公分的大個子龍司。

「你希望我表明自殺的意願，然後要求大家投票給我對吧？」

「沒錯。我們陣營已經決定要把票投給你了，可是只有5票。這樣還是太冒險了，因為班上討厭我們的人不少。」

「誰叫你們老是愛霸凌班上的同學。」

「看來，你已經聽說過智輝的事啦？」

龍司歪起嘴角，笑著說。

「智輝是個腦筋單純的傢伙。以前，有野貓跑來學校的時候，他還會四處幫貓找飼主。盡是做一些無利可圖的事情。」

「……既然這樣，為什麼你們還要欺負智輝？」

「當你看到眼前有一張白紙，就會忍不住想把它弄髒不是嗎？就是那種感覺。話說回來，智輝本身也有問題，我們只是小小整他一下而已，居然就自殺了。要怪就怪他自己太沒用。」

「也許就是因為你們欺負智輝，我們班才會被捲入國王遊戲。」

夢斗壓抑著內心的怒火說。

「我不是要替國王說話，但是你們實在是太惡劣了。」

「哎呀，口氣很嗆喔。外表那麼瘦弱，倒是挺有勇氣的嘛。」

龍司的拳頭毫無預警地朝夢斗的腹部捶了下去。

「啊……」

夢斗張開嘴，雙腳癱軟跪在地上。他用手押著腹部，拚命想呼吸，可是空氣就是進不了體內。看到夢斗痛苦的模樣，龍司笑了。

「喂喂喂，才挨一拳就KO啦？真是不堪一擊。」

「……你、你在做什麼？」

「給你一點教訓，你才會乖乖聽話。」

龍司揪起夢斗的頭髮問。

「怎麼樣？要不要在大家面前演講啊？」

「我……不要……。我還不想死……」

「混蛋。」

龍司又往夢斗的臉補了一拳。夢斗聽到喀啦一聲，口中立刻溢滿了溫熱的液體。

「我再問你一次，你會在大家面前說『我想自殺』吧？」

「……不要……」

鮮血不停地滴落在夢斗腳邊的地上。

「雖然……我的臂力不夠……可是打架可不輸人。不管你打幾拳，我都不會屈服的……」

「哼！真是難纏的傢伙！好吧，那我就改變作戰計畫好了。」

「改變……作戰計畫？」

「你常常跟由那聊天對吧？你是不是喜歡她啊？」

「沒、沒有……我跟她只是同學……」

「是嗎？我覺得她長得挺正的。跟華麗的奈留美比起來，由那算是清純派吧。如果是在別班的話，肯定是班花。」

「你喜歡由那？」

「別傻啦，我只是想跟她做而已。」

龍司的臉上露出淫邪的笑容。

「反正，警察好像也不想插手管我們之間的紛爭。強暴由那也不失為一個好辦法。那樣的話，她應該會說想要自殺吧。」

「……你真的打算這麼做？」

「嗯嗯。我聽說，現在北海道的倖存者，即使作奸犯科也不用判刑喔。到時候我可以說，我是因為受不了國王遊戲帶來的巨大壓力，所以才強暴由那的。」

「由那是我們的同學啊！你怎麼會想出這麼沒人性的手段？」

「沒人性？那是很爽的事耶。再說，我想做什麼你又管不著。對你而言，由那只是普通的同學而已不是嗎？」

「……你這個人實在是太齷齪了。」

「人本來就是這個樣子啦。」

龍司的嘴角向上揚起。

「你也沒資格說我，反正到最後，你還不是一樣會為了活命而投票？我當然也一樣啊。」

「我跟你才不一樣！」

夢斗擦拭掉嘴唇流出的血，怒視著龍司說。

「我的確是會投票給某個同學，但絕不會像你一樣耍卑鄙的手段。」

「你的意思是，你要光明正大地投票？笨蛋！想活下去就要不擇手段。不管是和同伙配票，或是用暴力脅迫都無所謂。」

「……如果別人也這樣對你，你還會說這種話嗎？」

「當然會。在國王遊戲的世界裡，本來就是強者生存，弱者淘汰。沒人說一定要比力氣。要利用父母的金錢或是利用自己的高人氣都行，只要能活下去就是王道。連這些手段都不懂利用的傢伙，活著也沒有意義。」

龍司雙手握拳，舉到胸前的位置。

「我就是打算靠伙伴和暴力，在國王遊戲中活下去。國王似乎並不打算一次就把我們全班消滅。所以，只要想辦法撐下去，我想警方總會想出辦法的……。好啦，決定好了沒有？要不要對大家演講？要是你死不答應，我就把你打到斷氣為止，然後去找由那痛快痛快。」

「……我知道了，只要我在班上同學面前說，我想自殺就行了吧？」

「喔！一開始這麼說不就好了嗎？這樣也不用挨我的拳頭了。」

龍司在夢斗的肩膀上砰砰拍了兩下。

「演技夠逼真的話，就可以騙過班上的同學了。至於自殺的原因呢，你就說因為對國王遊戲感到絕望什麼的，隨便掰個理由就行了。總之，最後別忘了說『請惠賜一票』喔。」

「……」

「喂，不會回答嗎？要是你敢不聽我的命令，就算這次你逃過一劫，我也會殺了你。當然，也會殺了由那。別忘了。」

「……嗯。」

「很好！算你倒楣，才剛轉來我們學校就被捲入國王遊戲。不過，死也沒什麼不好，至少能早日去一個沒有痛苦和悲傷的世界。」

「嗯……說得也是。」

「這個世界沒有什麼好留戀的啦。對了，要不要先向奈留美女王告白呢？你跟她說你想死的話，說不定她會基於同情心而獻身喔。」

「我會考慮看看。」

「再見啦，轉學生。」

龍司吹著口哨，轉身背對著夢斗揚長而去。

「……也許，死了真的可以一了百了……」

夢斗把嘴裡溢出的鮮血吐出來。大概是臉頰內側破了吧，嘴巴一動就感到一陣痛楚。

「的確，死了就再也感覺不到痛苦了……」

從學校外面照進來的燈光，把夢斗的眼睛照得像貓眼一樣閃閃發亮。

【10月30日（星期六）晚間11點50分】

「再過10分鐘就要投票了……」

講台上的岩本一面看著手錶，一面喃喃自語。聚集在教室裡的學生們，個個神情緊張地盯著放在講桌上的箱子。箱子上方開了一個足以伸進一隻手臂進去的圓口。

「老師，真的要投票嗎？」

陽平揮動著剛才拿到的一張約十幾公分的方形紙問。

「分數最低的人要受懲罰耶，這樣好嗎？」

「這也是沒辦法的事。警方到現在還沒有找到國王，也沒有給任何新的指示，我們只能自行決定了。」

「可惡！完全沒有幫上忙嘛！」

「現在抱怨警察也沒有用。要是不投票的話，我們全部的人很可能會受到懲罰，所以還是非投不可！」

「老師！」

奈留美舉手發問。

「投票的對象一定要是目前在場的同學嗎？宗介也是我們班的耶。」

「應該不能投他吧。宗介沒來學校，就不會感染凱爾德病毒。投他的話，可能會變成廢票。」

「真可惜，本來我想投他一票，當作曠課的懲罰呢。」

奈留美拿起手上的紅筆，咚咚咚地敲著桌面說。

「那麼，投給老師總可以吧？老師跟我們一樣，都感染了凱爾德病毒不是嗎？」

聽到奈留美這麼說，岩本楞了一下。

「……是的，我現在的立場跟大家是一樣的。讓學生做這種事，我知道自己的確沒資格當老師。可是，這是把犧牲降到最低的方法，沒有別的選擇了！」

「說得也是，看來只有放下怨恨，乖乖投票了……」

「好！筆和投票紙都拿到了嗎？那麼……」

「等一下，老師！」

龍司從椅子上站了起來。

「那個轉學生，好像有話要跟大家說。」

「夢斗嗎？」

岩本的視線移向夢斗。

「都到這時候了，你還有什麼話要說嗎？」

「……」

夢斗沒有回答，只是嘴唇緊閉，雙手十指交叉放在桌面上。

「喂！轉學生，你把剛才的那些話跟大家說啊！」

龍司拉高嗓門催促著。全班同學的視線都集中在夢斗身上。

夢斗做了一個深呼吸，從椅子上站起來。他緩緩地來回看著全班同學，最後將視線停在龍司身上。

「剛才那些話？」

「是啊，不久前你不是說想要自殺的嗎？」

「……我差點忘了。」

夢斗臉色蒼白地微笑著。

「我想自殺，請各位同學投票給我吧……。你叫我要這樣說對吧？龍司。」

「你……」

龍司張著嘴，啞口無言地抽動著。

「你、你不要胡說八道，是你自己不想活的！你在工具室前面時是這麼說的！你說想要自殺！」

「才不是這樣，是你逼我要這麼說的。而且還威脅我，要是我不答應，就要對付其他同學。」

「……你這傢伙在開什麼玩笑！」

龍司推開桌子朝夢斗衝過去，用右手抓起夢斗的上衣說。

「你以為你這麼做，我會放過你嗎？在投票之前，我會先殺了你！」

「現在殺我的話，你的死亡率應該會上升喔，因為投票給死人是廢票。你不在乎嗎？」

「……你不要後悔，轉學生。要是你在這次的命令中活下來，我絕對會殺了你！在國王遊戲中，殺人是不會被判刑的。」

「我非常樂意接受你的挑戰。」

夢斗不顧自己的衣領還被抓著，瞪著龍司說：

「如果，我們兩個都還活著的話。」

「兩個？」

「嗯。我有可能是分數最低的那個，你當然也有可能。」

「我會受罰？那是絕對不可能的！」

「這可難說喔，你們不是霸凌智輝的那幫人嗎？班上一定很多同學認為，我們班會捲入國王遊戲，都是你們害的。」

「……」

「唉，不過就算受罰而死，也沒什麼大不了的。去一個沒有痛苦折磨的世界，說不定反而幸福呢。」

「這些話留著說給你自己聽吧！莫名其妙！」

龍司猛然朝夢斗踢了一腳，來回看著教室的同學們。

「你們一定要投票給這個轉學生。就算是不記名，也可以用筆跡查出來！要是你們沒投給他的話，小心到時候……」

「龍司，夠了。」

英行從後面抓住龍司的肩膀說。

【10月31日（星期日）午夜0點15分】

「那麼，要開票了。」

岩本神情緊張地盯著面前的投票箱。

「我來開票，美樹負責計票。」

聽到岩本的指名，臉色蒼白的副班長美樹從位置上站起來。

「寫在黑板上好嗎，這樣大家就能一目瞭然。」

「也好。分數有正分和負分，分別用白色粉筆和紅色粉筆寫。」

「是。」

美樹走向講台，拿起白色和紅色的粉筆。

「好，那麼，第一張。」

岩本把手伸進票箱裡，拿出一張折起來的紙。在眾目睽睽之下，岩本打開了第一張紙。

「……正分，藤原誠一郎。負分，佐佐山夢斗。」

夢斗的心臟噗咚噗咚地狂跳。後面傳來龍司的笑聲。

「下一張……正分，牧村奈留美。負分，藤原誠一郎。」

在岩本宣讀人名之後的幾秒內，美樹就會把該名同學的名字寫在黑板上。白色粉筆寫下誠一郎和奈留美，紅色則寫下夢斗和誠一郎。

——現在我是負1分，誠一郎是正負各1分，加起來剛好抵銷。奈留美是正1分。最先投票的應該是誠一郎他們那個陣營的人吧。

夢斗往誠一郎的方向看去。只見他笑笑地盯著黑板，臉色卻很蒼白。即使距離稍遠，也可以看出他非常緊張。

「下一位……正分，中島陽平。負分，松永龍司。」

「陽平！你這傢伙！」

龍司發出怒吼，從椅子上跳了起來。

「為什麼投票給我！」

「不是我啦！」

陽平連忙搖頭否認。

「這是不記名投票，你怎麼知道是誰投的！」

「別狡辯啦！會給你正分的，除了你自己之外還會有誰！」

「好了！龍司。」

岩本瞪著龍司說。

「不要再抱怨了，大家都是在同樣的條件下投票的。就算投給自己也沒有錯，這是規定。」

「……可惡！盡是一些讓人火大的事情！」

等龍司坐回位置後，岩本再度把手伸進投票箱裡。

「……正分，林英行。負分，高橋星也。」

每次岩本一唸出新的名字，美樹就會寫在黑板上。

「正分，鈴木若葉。負分，竹岡純一……正分，神塚蒼太。負分，佐佐山夢斗……正分，牧村奈留美。負分，松永龍司……」

聽到自己得到負分的人一臉吃驚，然後用懷疑的眼神觀察周圍的同學。大家心裡都在納悶，到底是誰投給自己。

「……正分，白川伊織。負分，村岡陽菜子……」

沒過多久，投票結果開始出現集中現象。正分大部分集中在奈留美、若葉，和班長英行，負分集中在夢斗、誠一郎，以及龍司。由於誠一郎也有拿到正分，加減之後，只有2個負分。

夢斗知道自己拿5個負分後，不自覺地咬著嘴唇。班上沒有人拿到比他更多的負分了。龍司是4個負分，還排在他後面。

「正分，押井武。負分，佐佐山夢斗……正分，松崎風香。負分，松永龍司……」

夢斗和龍司又各增加一個負分。

夢斗轉過頭，看向坐在後面的龍司。只見龍司怒不可抑地瞪著黑板上自己的名字。

「……正分，岩下櫻。負分，熊谷佐登志……這是第28張，所以只剩下一張了。」

聽到岩本這麼宣布，夢斗看著被寫在黑板上的名字。自己拿了7個負分，龍司也是負7分，兩人的票數相同，而且沒有其他同學拿負6分。

——受懲罰的會是我，還是龍司？不，如果票數相同，有可能兩個人都會受到懲罰吧。

夢斗挺起腰，閉上眼睛。

「好，這是最後一張了。」

說完，岩本的手又伸進投票箱裡，拿出一張折好的紙。教室裡面異常安靜，連打開紙張的聲音都清晰可辨。

「……正分，佐佐山夢斗。負分，伊藤由那。」

聽到岩本的宣讀，夢斗把壓在胸口的怨氣一次全部吐光。

「所以，要接受懲罰的人，是龍司……」

夢斗也分不清楚是誰在說話，只看到大家的視線不約而同地集中在龍司身上。龍司一臉恍神地坐在位置上，握緊的拳頭不停地抖動。張大的眼睛布滿了血絲，連嘴唇也變成青紫色。

「是誰……？」

龍司用低沉的聲音問。

「是誰給我負分的？」

沒有人回答龍司的問題。

「為、為什麼不說話！你們之中有7個人投票給我……不，如果把我自己給的正分算進去的話，應該是有8個！是誰，通通給我出來！」

「是我。」

夢斗的聲音異常冷靜。

「我才剛轉來這裡，跟班上的同學還不熟。不過我跟龍司你倒是挺熟的，雖然不是什麼好事。」

「你這傢伙……竟敢耍我！」

「這怎麼能叫耍呢。你自己還不是把票投給我嗎？應該說是禮尚往來。」

「禮尚往來？」

「嗯。龍司，你總以為自己很了不起，老是愛欺負班上的同學。也許，讓你掉進同樣的立場，就會瞭解其中的痛苦了。」

「……」

龍司巨大的身軀開始震動。粗厚的眉毛向上揚起，握緊的拳頭變成了白色。

「……我非殺了你不可！」

「覺悟吧！我先殺了你，再去對付那幾個投票給我的……」

龍司跨大步走向夢斗。

龍司說到一半，突然停住。

「啊……嘎……」

他的嘴不停地開合，然後跪在地上。

「我、我……無法呼吸……」

龍司的臉色突然間發紫，唾液從嘴裡流出。劇烈顫抖的手，拼命地撕扯著喉嚨，像是要從那裡挖出一個洞，好讓空氣進去一樣。

「嘎唔……」

龍司跪在地上，以面部朝上的姿勢倒下。剛才撕扯喉嚨的手動也不動，充血的眼珠子噴了出去。任誰一眼都可以看出，龍司已經死了。

「這就是國王遊戲的懲罰嗎……」

夢斗帶著晦暗的聲音說。死在腳邊的龍司雙眼，就像在瞪著他看一樣。

「……希望你能去一個沒有痛苦和折磨的世界。」

夢斗閉上眼睛，向龍司的屍體低頭致意。

【10月31日（星期日）凌晨2點24分】

夢斗從教室的窗戶往校門的方向看去，校門口來了幾名穿著防護衣的男子，他們正在把龍司的遺體搬進卡車裡。看到這幕光景，夢斗不禁感到一陣顫慄。

「夢斗……」

由那不知何時來到旁邊，擔心地偷瞧他的臉。

「你不要緊吧？臉色看起來很糟糕呢。」

「我沒事。」

夢斗的雙手，往自己的臉頰啪啪啪地連續拍了幾下。

「龍司不是什麼好同學，我還挨了他的拳頭呢。」

「……嗯。」

「儘管如此，我也不想要讓他死。」

「嗯……我明白。」

「可是，結果卻好像是我殺了他一樣……」

「是因為我對吧？」

由那的雙眸像水波一般柔光閃爍。

「龍司不是說過，要威脅其他同學嗎？而到目前為止，真正跟你聊過天的人，就只有我和陽平而已。」

「其實也不全然是為了妳。再說，妳也救過我啊。」
「我救過你？」
「老師最後唸的那張票，是妳寫的吧？妳給了我1個正分。」
「……為什麼你會這麼想呢？」
「因為最有可能給我正分的，就只有由那妳了。而且妳還特地給自己1個負分。我覺得，這很像是妳的作風。」
「是嗎？雖然是不記名投票，不過還是被你識破了。」
由那尷尬地笑著說。
「我當然不想死，可是我實在無法下定決心，要把負分投給誰。」
「嗯，我也沒有勇氣把票投給班上同學，或是岩本老師，可是我還想活下去。」
夢斗從口袋裡掏出智慧型手機，上面顯示出母親傳來的簡訊。
【＊已讀：剛才警察來家裡搜查你的房間。你們全班同學的家好像也都被搜查過了。媽媽相信夢斗不是犯人，所以你千萬要活下去，媽媽由衷等待你平安回家。】
「……我媽生病了。」
「生病？很糟糕嗎？」
「是心病。我父親被調去北海道，卻被捲入國王遊戲死了。我想，大概是這個原因吧。」
「國王遊戲……？」
「嗯。警察來家裡通報我爸的死訊時，我媽當場就昏倒了。之後身體每況愈下，現在只能待在家裡養病。」

夢斗抬頭望著夜空中的月亮。

「這段日子都是我和爺爺輪流照顧我媽。現在發生了這件事，我真擔心她的病情會惡化。」

「說得也是。要是你死掉的話，伯母一定會更傷心。」

「嗯……」

夢斗的腦海裡浮現出正在擔心兒子的母親。

——爸死於國王遊戲，如果我也跟他一樣的話，媽一定會受不了的。

所以，我……。

開門聲打斷了夢斗的思考。轉過頭去，穿著防護衣的宮內和川島就站在門口。他們兩個一起走上講台，來回看著班上的同學。

「我們有事情要向各位報告。」

宮內的聲音透過防護衣傳了出來。

「報告？什麼事？」

神情憔悴的岩本問。

「該不會是找到國王了吧？」

「還沒有。但是，我們發現嫌犯了。」

宮內的話立刻在教室裡引起一陣騷動。

「喂！是誰？你說的嫌犯是誰？」

誠一郎衝向講台。

「是不是那傢伙把我們捲入國王遊戲的？」

「目前還無法完全確定。」

「沒關係，快把那個人告訴我們！我們可是當事人啊！」

「……我知道，所以我想還是告訴你們比較好。」

宮內看了一眼川島後，又繼續說。

「嫌犯的名字叫城戶宗介。」

「宗介是嫌犯？」

「是的。城戶同學沒來學校，也不在家裡。而且我們還從他的電腦裡面查出，他曾經調查過凱爾德病毒和奈米女王的資料。」

「那就是他沒錯了。」

誠一郎激動地說。

「那傢伙沒有朋友，個性又陰沉，而且……」

「你是不是想說，因為他曾經被你們霸凌，所以懷恨在心？」

「……不、我不是要說這個。」

看到無言以對的誠一郎，宮內嘆了一口氣。

「總之，我們會繼續追蹤城戶宗介的下落。他在國王遊戲開始的當天就不知去向，我想這應該不是巧合。」

「那麼，國王不是我們其中之一了？」

岩本問宮內。

「打從一開始，我就認為這個可能性很低。因為，如果國王是你們其中之一，那他自己也會感染凱爾德病毒不是嗎？」

聽到宮內這番話，學生之間又起了騷動。

「宗介是國王？真的假的？」

「誰知道啊！平常很少跟他交談。」

「他曾經上網查過凱爾德病毒耶。國王一定就是他，錯不了！」

「這可難說喔。我自己也查過凱爾德病毒和奈米女王啊。現在全日本的國民，哪一個對國王遊戲沒興趣。」

「可是除了宗介以外，班上的人都感染了凱爾德病毒。如果我們班有國王的話，那一定是宗介，沒別人了。」

「請大家保持冷靜。」

站在宮內身邊的川島鎮定地說。

「目前尚未確定城戶宗介同學就是犯人，只是有嫌疑而已。」

「有嫌疑就夠了，快把他抓起來吧！」

陽平一臉哭喪地走向川島。

「再不把國王抓起來的話，又會有新的命令下來啊！」

「我知道。我們警方也正在不眠不休地追查凶手。」

「拜託你們快點！再這樣下去，我們都快瘋了。」

陽平的話在夢斗心裡激盪著。

——陽平說得沒錯。國王遊戲的命令繼續下去的話，我們真的都會崩潰。到時候大家會把死亡當成家常便飯，逐漸喪失人性。

想到這裡，一陣作嘔的感覺湧上來。夢斗趕緊用雙手摀住嘴巴。

命令3

【10月31日（星期日）中午12點0分】

時間一到12點，教室裡又響起簡訊的鈴聲。

夢斗臉色蒼白地拿起手機，察看螢幕上的畫面。上面果然出現了國王遊戲的簡訊。

【10／31星期日12：00　寄件者：國王　主旨：國王遊戲　本文：這是赤池山高中2年A班全班同學和級任老師岩本和幸強制參加的國王遊戲。國王的命令絕對要在時限內達成。※不允許中途棄權。※命令3：牧村奈留美、神塚蒼太、佐佐山夢斗當鬼，10分鐘後，全班同學開始玩鬼抓人的遊戲。必須抓到3個人遊戲才會結束。被抓到的3個人要接受懲罰。24小時之內沒有抓到3個人的話，當鬼的人要受到懲罰。　END】

「……我當鬼？」

夢斗重新看了一遍簡訊內容。

——在這個命令中，一定會有3個人受罰。不是當鬼的我們，就是被抓到的3個人，或是雙方都……。

一抬起頭，剛好和前方座位的副班長美樹四目相對。美樹叫了一聲，連忙從椅子上跳起。

這個動作彷彿就像暗號一樣，全班同學不約而同地往教室門口的方向倉惶逃竄。

「快、快逃！要是被他們抓到就死定了！」

「可、可是，能逃去哪裡呢？」

「哪裡都行啦！總之，先離開這裡要緊！」

教室裡的學生一下子幾乎都跑光了。

「夢……夢斗……」

鄰座的由那叫了夢斗的名字。

「怎、怎麼辦？這個命令……」

「妳趕快逃。」

「嗄？」

「別遲疑了！快啊！我不想抓妳，可是另外那兩個可不一定。」

夢斗瞄了一眼手機顯示的時間。

「剩下7分鐘，鬼抓人的遊戲就要開始了。我不希望看到妳受懲罰啊！」

「……我明白了。」

由那把臉靠近夢斗的臉旁邊，不知道說了些什麼。

「……所以，」

由那跑出教室後，現場就只剩下夢斗、奈留美，還有誠一郎陣營的神塚蒼太。

「……接下來呢……」

蒼太帶著天真的笑容，走近夢斗。

「我們是第一次交談對吧，夢斗。」

「是的。」

夢斗看著眼前的蒼太回答。

——他就是風香昨天說的那個危險人物蒼太嗎？的確，外表看起來像中學生，可是又覺得哪裡不對勁。

蒼太眨著他那對有著明顯雙眼皮的眼睛，盯著夢斗瞧。

「咦？你是不是在防備什麼？」

「嗯。我聽說，蒼太是誠一郎陣營的人。」

「啊哈哈，我是常和誠一郎他們混在一起啦，不過你應該不怕我們吧。」

清亮的音質傳進夢斗的耳裡，聽起來似乎還沒有變聲。

「你面對龍司的時候，一點也沒有畏懼的樣子。所以，你不是會被霸凌的那一型。雖然看起來弱不禁風的樣子。」

「你自己還不是一樣？個頭矮小，手無縛雞之力的樣子。」

「嗄……這什麼話？我很介意人家這樣說我呢！」

蒼太嘟了一下嘴說。

「算了，現在不是跟你鬥嘴的時候。」

「對對對。」

奈留美打斷了夢斗和蒼太的對話。

「我們在這次的鬼抓人遊戲中當鬼，所以得想辦法抓到3個人才行。」

「妳打算要抓人嗎？」

聽到夢斗這麼問，奈留美揚起細緻的雙眉回答。

「當然要啊，難不成你想死嗎？」
「我是不想死，可是被我們抓到的同學會死啊。」
「都這種時候了，你還在說什麼傻話。在上次的命令中，你不是把票投給龍司了嗎？龍司也受罰而死啦，所以你已經殺過人了。」
「……」
「別說了，奈留美。」
看到啞口無言的夢斗，蒼太出面打圓場。
「其實在夢斗心裡，班上同學是有區別的喔。」
「區別？」
「是啊，龍司之前好像威脅過夢斗，那傢伙的個性就是這樣。所以夢斗大概覺得，龍司那種人被殺死也無所謂。」
「……也對，龍司會被殺死是他活該。話說回來，都是因為你們那幫人，我們班才會捲入國王遊戲裡面，真是害人不淺！」
「事件的原因又還沒確定。」
「咦？宗介應該是為了報復自己遭到霸凌，才會進行國王遊戲的吧。」
「只能說這種可能性很高而已。」
蒼太選了一張離自己最近的椅子坐下。
「的確，我們是有欺負宗介。也許就是因為這樣，他才會懷恨在心。可是那張紙上面的文字，卻又不像是宗介寫的。」

「不像宗介寫的？」

「嗯。其實宗介和智輝的交情並不好。之前，他還和我們一起在廁所裡向智輝潑水呢。」

「有這種事？」

「嗯，也許當時他只是跟著起鬨吧。可是我怎麼看，都不覺得宗介是那種會為了替智輝報仇，而進行國王遊戲的人。」

「這點，其他人還不是一樣。」

奈留美不奈煩地交叉起手臂。

「我們離題了。比起找犯人，現在更重要的，是想辦法達成國王遊戲的命令。」

「要達成命令並不難。」

「是嗎？我認為被鬼抓的那邊，也會想盡辦法活下去吧。」

「即使是這樣，被鬼抓那邊還是比較不利。因為現在又不能逃到學校外面。」

「啊……對喔。學校四周都有警察在監視，根本沒有機會逃回鎮上。」

「嗯。頂多可以逃到學校後面的山區，不過那只是座小山，沒什麼地方可以藏匿的。」

「這麼說，躲在學校的可能性還比較高，既然這樣的話……」

奈留美把手貼在嘴邊，認真思考著。

「……喂，我有個建議。」

「建議？」

「我們想辦法保護彼此陣營的人吧。」
蒼太輪流看著夢斗和奈留美。
「既然這個命令並不難達成，我們為什麼不保住自己人呢。」
「也就是說，我們不要抓妳的死黨若葉、伊織，和久志對吧？」
對於蒼太的提議，奈留美點頭表示贊成。
「就是這個意思。同樣的，我們也不會抓誠一郎陣營的人。」
「原來如此，這主意不錯。我認為國王遊戲很有可能會繼續下去。如果是這樣，當然要保住自己的死黨比較好。」
「沒錯。反正警察也靠不住，而新的命令又下來了。」
「……明白了。我贊成妳的提議。除此之外，要抓誰都可以吧？」
「好，就這麼決定了。」
奈留美拍手合掌，同時轉頭看夢斗。
「夢斗，你呢？」
「咦？我？」
「嗯。雖然你才剛轉來，不過應該也有想要保護的對象吧？」
「想要保護的對象……」
夢斗的腦海裡浮現出由那的身影。
「……我希望由那和陽平能夠平安無事。」

「咦？由那……？夢斗，原來你喜歡她那一型的啊！」

「不是啦。而是由那和陽平的座位離我最近，我跟他們聊天的次數也比較多。」

「喔。我還以為你是因為長相才選由那呢，害我嚇了一跳。」

奈留美的表情起了微妙的變化。水汪汪的眼睛凝視著夢斗，微張的嘴唇內，可以看到像生物一樣靈活的舌頭在蠕動，夢斗不由得心跳加速。儘管對奈留美並沒有特殊情感，不過臉頰還是難為情地發燙。

「……為什麼妳會嚇到？妳對我應該沒興趣才對啊。」

「嗄？誰說的。你頂撞龍司的樣子，我覺得很帥呢。」

奈留美的雙手像是包覆一般，握著夢斗的手。

「在面對力量比自己強大的敵人時，能夠毫無畏懼地貫徹自己的意志，實在是太了不起了。」

「夢斗，你要小心點喔。」

蒼太輕輕拍了一下夢斗的背說。

「奈留美可是咱們班上的女王。說不定，她是在故意誘惑你，把你當作用過即丟的卒子。」

「好過分喔！人家才沒有那麼壞心眼呢！」

奈留美嘟起嘴，向蒼太發出抱怨。

「人家我可是很誠心在讚美夢斗耶。」

「我才不信。啊、時間差不多了。」

蒼太的視線移向掛在教室牆上的時鐘。

「那麼，契約成立。我們不抓奈留美陣營和誠一郎陣營，另外還有由那和陽平。」

「知道了！那麼，開始狩獵吧。」

奈留美的嘴唇像弦月般彎了起來。

【10月31日（星期日）下午1點18分】

和蒼太他們分手之後，夢斗獨自在走廊上逛著。四周空無一人，只有自己的腳步聲迴盪著。往窗外看去，並沒發現半個人影。大家好像都跑去躲起來了。

「這也難怪……」

奈留美和誠一郎的陣營，應該已經被告知奈留美的提議才對，只不過，對於要被抓的人而言，鬼所提供的情報當然不能輕易相信，即使是盟友也一樣。

「真是令人討厭的命令。」

夢斗喃喃自語著。

——這次的命令跟上次一樣，也是要引起班上的內鬥。與其說國王的命令是要殺人，倒不如說是要讓班上的同學反目成仇。

夢斗想起轉學第一天見到的宗介。他的個子比自己稍矮，前額頭髮整齊地留到眉毛的高度，外表和隨處可見的普通男學生沒什麼兩樣。

——萬一，宗介真的是國王，那麼被困在學校裡的我們根本束手無策。本來還冀望警察伸出援手，可是如今他們也受到散播凱爾德病毒的脅迫，所以想要抓到國王，實在很困難。就算知道犯人是誰，恐怕也無法讓事件順利落幕。

「不，現在還是先想辦法達成命令要緊……」

夢斗用力搖搖頭之後，打開2樓理科教室的門。裡面一個人影也沒有。他穿梭在大型實驗桌之間，然後朝理科器材室走去。

打開門，微暗的房間裡排列著好幾個金屬架子，上面擺著燒杯、顯微鏡等實驗用器材。後面靠牆的位置，堆了好幾個裝有教學用紙的箱子。

「由那，妳在這裡嗎？」

夢斗小聲地問。果然，其中一個紙箱動了一下，由那從裡面探出頭來。

「夢斗！」

由那正要上前時，夢斗連忙舉起右手阻止她。

「不要靠近我。鬼抓人的遊戲規則，很可能觸碰到對方就算抓到了。」

「啊、對喔。」

由那往後退了一步。

「奈留美他們那邊怎麼樣？」

「他們應該正在找其他人吧。」

「……這也不能怪他們。因為要是沒抓到人的話，自己就要受到處罰。」

「我想，妳和陽平應該不會被抓才對。」

「咦？為什麼？」

「我們把不希望誰被抓的名單，跟對方說了。奈留美和蒼太想保護自己陣營的人，我也說了不希望妳和陽平被抓。」

夢斗皺著眉頭說。

「不過，萬一時間緊迫的時候，我也不敢保證他們是否還會守信用。現在遊戲才剛開始，我想妳應該不會有危險才對。」

「這麼說，被鎖定的目標不是班長的陣營，就是沒參加陣營的人嗎？」

「嗯。而且當鬼的人佔了絕對的優勢。」

「難道沒有辦法讓大家都倖免嗎？」

由那喃喃自語。

「夢斗，你打算怎麼做？」

「我當然是希望警方能在24小時之內抓到國王，或是找到凱爾德病毒的解藥。所以，我打算等到最後一刻再動手，不過……」

話說到一半，夢斗突然欲言又止。

「不過，如果真的沒希望的話，我想我還是會抓一個替死鬼。」

由那的身體震了一下。

「你真的要抓人嗎？」

「……嗯，我也不想死啊。」

「是嗎……說得也是。大家都不想死吧，每個人都一樣……」

「由那？」

由那哭了。眼淚從水汪汪的大眼睛流了下來。

「為什麼……為什麼我們會遇到這種事情呢？」

「……」

夢斗想走近由那，瞬間又停了下來。

「我也不知道。不過可以肯定的是，國王對我們班懷著很深的怨恨。」

「是宗介嗎？」

「國王不一定就是宗介，但是應該跟我們班有關係，而且跟自殺身亡的智輝有往來。」

「你說的往來，是指朋友嗎？」

由那拭去堆積在眼眶裡的淚水。

「可是，智輝好像沒有朋友耶。他平常都是獨來獨往，就算有交談，也是跟大伙在一起的時候。」

「霸凌智輝的，是誠一郎那個陣營對吧？」

「嗯，而且主要是誠一郎和龍司帶頭。」

「當時，有誰試圖阻止他們嗎？」

「你在懷疑那個人？」

「也不是懷疑，而是那個人想要幫助智輝，這是事實。」

「……班長英行和副班長美樹常常會制止誠一郎他們，還有陽菜子和武……大部分都是班長陣營的同學。陽平雖然吊兒郎當的，可是他也曾經出面袒護過智輝。不過，還有一個人最常幫助智輝。」

「是誰？」

「就是我啊。」

由那的眼睛直直地看著夢斗說。

「我想，我是最常出面解救智輝的人。」

「……」

在光線昏暗的理科器材室裡，夢斗感覺由那的眼睛似乎在發亮，喉嚨不由得一陣起伏。

【11月1日（星期一）上午7點28分】

「只剩下4個小時了。」

「你怎麼一副事不關己的樣子？」

在晨曦灑滿一地的教室裡，奈留美用食指戳了一下夢斗的胸口說。

「你是怎麼搞的？到現在連個人都沒抓到！獵物不是很多嗎？你到底在做什麼？」

「我去檢查過校園了，包括教職員辦公室、保健室，還有理科教室。」

「那麼，一個也沒找到嗎？」

「呃，是有找到幾個，好像是竹岡純一和清水乃愛吧。」

夢斗指著從窗戶望出去，就可以看到的體育館說。

「可是他們一發現我，就匆匆忙忙往體育館跑去了。而且那是1個小時以前的事，現在應該不在那裡了才對。」

「……拜託，你在做什麼啦？根本就不想抓人嘛。還有蒼太，你也是。」

奈留美轉而瞪著口中塞滿配給三明治的蒼太。

「還說什麼『要達成命令並不難』。再這樣下去，我們三個都會受罰啊！」

「唔嗯……抱歉抱歉。」

蒼太大口把三明治吞下肚，笑著說。

「哎呀，我沒想到大家的戒心那麼強。岩本老師很會躲，而班長的陣營好像逃去山裡了。

一定是英行帶著他們一起逃的，真聰明。」
「我們不是早就料到有人會逃去山裡嗎！為什麼不去山裡抓人？」
「呃，我不想去山裡嘛。而且，一到晚上我就會很想睡覺，我這個人沒有睡足8小時，就會渾身不舒服。」
「……唉，你們兩個太沒有危機意識了。」
奈留美細緻的雙眉往上揚起。
「難道，你們打算就這樣死去嗎？」
「當、當然不想啊。可是妳一味地怪罪我們，實在很不公平。妳自己還不是沒抓到半個？」
「我是女生耶。哪有辦法在鬼抓人的遊戲中抓到男生！」
「那就抓女生啊。奈留美，妳的運動細胞那麼發達，應該不是問題吧。」
蒼太盯著奈留美那對修長的雙腿說。
「不，就算抓男生，應該也難不倒妳才對。」
「蒼太，你不要亂說！」
「我才沒亂說。其實我很明白妳心裡在想什麼。」
「我心裡在想什麼？」
奈留美的眼睛瞇得像貓瞳孔一樣細。
「你這句話是什麼意思？」
「妳想逼我們兩個去殺同學，這樣妳就不需要弄髒自己的手了，對吧？」

蒼太露出雪白的牙齒笑著說。

「為了服從國王遊戲的命令而殺人，雖然不會被判刑，但是同學們的閒言閒語還是很可怕的。尤其是妳，最在乎人家在妳背後說三道四了。」

「……你就是因為這個理由，所以不想去抓人嗎？」

「或許這也是原因之一吧。」

蒼太轉而看著夢斗。

「夢斗，你是不是還在為了要不要抓同學的事煩惱？」

「我才沒有呢。」

夢斗的聲音，聽起來像是硬擠出來的。

「我也不想死啊。」

「可是，你也不想殺同學，對吧？」

「……」

「上次你投票給龍司，這次卻不知道該如何是好。」

「那是因為，我不想一視同仁。」

「既然這樣就快去抓人啊。你跟班上大部分的同學都不熟不是嗎？」

「我知道啦！」

「你真的知道？」

蒼太偷瞧語氣突然轉強的夢斗。

「我覺得你只是嘴巴說說，其實心裡根本不想去抓同學對吧。」

「誰說的！我只是……」

「瞧！又在煩惱了。看開點，這只是遊戲嘛。」

「只是遊戲？」

「是啊，一場以自己的生命為賭注的遊戲啊。」

蒼太拿起放在桌上的保特瓶繼續說。

「雖然不知道國王是誰，不過我倒是很感謝國王呢。」

「感謝……？你真的這麼想？」

「嗯，人生並不是活得長久就幸福，而是要過得精彩。」

「你認為，被捲入國王遊戲的生活算精彩嗎？」

「我可沒這麼說喔。不過，死亡遊戲類型的電影和漫畫不是很受歡迎嗎？聽說其中的樂趣就在於觀眾可以想像，當自己陷入同樣的狀況時該怎麼處理。」

「那些都是虛構的情節，我才不信當自己真正面臨生命的威脅時，還有誰會樂在其中。」

「不不不，就因為自己可能會死，所以才刺激啊。」

「刺激……」

夢斗驚訝得半張著嘴。他感覺到，眼前這個看起來像中學生的傢伙，透露著一股危險的氣息。

蒼太在臉色發白的夢斗手臂上戳了一下。

「不要嚇成這樣好不好。每個人的想法本來就不一樣啊，而且逃走的同學們也想殺我們呢。」

「想殺我們？」

「是啊。明知道我們沒抓到人就會受罰而死，可是大家還是跑光啦。我不是要責怪誰，只是想說他們也沒資格批評我們，不是嗎？」

「這……」

夢斗啞口無言。一旁的奈留美忍不住咋舌。

「既然連夢斗都派不上用場。我只好親自出馬了。」

奈留美從書包裡拿出智慧型手機，開始操作。

「妳在做什麼？奈留美。」

「還用問嗎？當然是為生存而戰啊。」

粉紅色的舌尖，舔舐著豐潤的嘴唇說。

數十分鐘後，教室的門打開了。一名身材微胖的少年出現在門口，一邊喘著氣一邊呼喚奈留美的名字。

「奈留美！裡面只有妳一個人嗎？」

「嗯，四郎，你終於來啦。」

奈留美叫著那名男同學的名字。聲音跟剛才的感覺不同，多了些許的不安。

「太好了！我最後想見的人，就是四郎。」
「見、見我？」
四郎肉肉的臉頰頓時變得又紅又熱。
「妳說，最後的意思是……」
「你應該知道的啊，在這次的命令中，我一個人也沒抓到。蒼太和夢斗好像也不願意抓自己的同學。」
奈留美偷偷瞥了一眼夢斗說。
「當然，我也不想。看到同學因為我而受罰，我會受不了。」
看到奈留美的身體微微地顫抖，蒼太忍不住竊笑。
「真不愧是奈留美。」
蒼太在夢斗的耳邊低聲說。
「真不愧是？什麼意思？」
「你自己看就知道了，夢斗。」
夢斗和蒼太躲在桌子後面，偷看著奈留美的一舉一動。奈留美的眼眶泛著淚水，雙手交握貼在胸前。
「四郎，我希望你能在國王遊戲中活下來。」
「……奈留美。」
「啊、不行，你不能再靠近了！」

看到四郎打算上前，奈留美連忙搖頭制止。
「你應該很清楚命令的內容吧？要是碰到我，很可能會因此受罰。」
「啊……」
四郎的身體凍住了。
「怎麼會這樣……這麼說，我不能碰妳了？」
「嗯。不行。」
奈留美的眼裡閃爍著淚光。
「我現在終於知道，自己喜歡的人是四郎。」
「奈留美……」
「對不起，突然跟你說這些，一定嚇到你了吧？」
「嗯……我以前一直以為妳不怎麼喜歡我。」
四郎微微地低下頭，不時偷瞧著奈留美。
「因為我長這麼胖，功課和運動也不拿手。」
「那不重要！我知道四郎是很體貼的男生，如果我們是男女朋友，你一定會好好珍惜我的。」
「那是當然的！為了奈留美，我什麼事都願意做。」
「……可惜，我們是無緣當戀人了。再過3個小時，我就要受罰而死了。」
奈留美噙著淚水，強顏歡笑地說。

「我知道自己逃不過一死，可是我還有個未了的心願。」
「未了的心願？」
「嗯。我希望能在死前和四郎接吻。」
「接、接吻？」
四郎的臉頰，頓時紅得像熟透的番茄。
「接吻是指……嘴對嘴嗎？」
「……嗯，我明白這太強人所難了……。因為一碰到我，你就會死。」
「啊……」
「對不起，我不該跟你說這些莫名其妙的話。總之，能在最後見到四郎，我就心滿意足了。」
「奈留美……」
「你走吧！我不希望讓我暗戀的人，看到我死的樣子。」
奈留美十指交握放在胸前。
「再見了，四郎。」
「等、等一下！」
四郎激動得叫出聲。
「奈留美，抓我吧！」
「咦？抓你？」

「嗯。這樣的話，妳就不會死了。」

「可是這麼做的話，你會……」

「沒有關係，我心甘情願為妳而死。」

「……你真的願意死嗎？」

被奈留美這麼問，四郎連續點了好幾次頭。

「是的。保護自己喜歡的女孩，是男人的使命。」

「四郎……」

奈留美緩緩地走向四郎。四郎動也不動，癡情地望著眼前的奈留美。

「四郎，我好愛你。」

說完，奈留美把嘴唇貼在四郎的嘴唇上，雙手繞到他的背後。

剎那間，四郎的身體像是觸電般顫抖不止。

「啊……」

四郎的眼睛張大到極限，腳不停地往後退。原本漲紅的臉頰瞬間翻白，表情極為痛苦。

「奈……奈留美……我愛……妳……」

他的右手按住左胸口，臉部朝上倒在地面。

「四郎……？」

對於奈留美的叫喚，四郎絲毫沒有反應，只是雙眼無神地盯著天花板。看得出來，四郎已經沒有了氣息。

蒼太來到倒地不起的四郎身邊，察看他的臉。
「……好像已經死了。這次的懲罰可能是心臟麻痺吧？」
「大概是吧。」
奈留美用手背擦拭嘴唇，低頭看著四郎的屍體。
「……沒想到我的第一次會是這樣。」
「嗯？這是妳的初吻？」
「我是說殺人。」
奈留美揚起嘴角笑笑。
「四郎真是個大好人，居然心甘情願為我而死。」
「妳真的對他有好感嗎？剛才聽到妳說喜歡他……」
「別開玩笑了，我喜歡的另有其人。」
「咦？——是誰？」
「我自己啊。」
奈留美撩起一頭褐色的頭髮。
「我好喜歡自己喔，外表和個性都喜歡。如果能夠永遠保持現在的樣子，長生不老的話，不知道該有多好。」
「還長生不老呢，運氣差的話，搞不好再過幾個小時就死翹翹啦。」
「所以囉，為了避免發生這樣的悲劇，我才急著採取行動啊。」

奈留美轉而看向夢斗。

「我已經完成我的任務了。接下來，輪到你們兩位殺人了。」

「輪到我們殺人……」

「是啊，我可不允許你們雙手乾乾淨淨的。剩下的2個人，夢斗和蒼太要負責。」

「……」

聽到奈留美的話，夢斗的表情轉為嚴肅。

【11月1日（星期一）上午10點40分】

夢斗打開4樓其中一間教室的門。裡面塞得跟倉庫差不多，歷年校慶文化祭所使用過的看板和大型道具隨處堆放。陽光從窗邊層層疊疊的桌椅空隙透射進來，把飄浮在空氣中的微粒照得閃閃發亮。

「應該沒有人會躲在這種地方吧。」

嘆了一口氣後，夢斗繼續在紙糊的大型道具中間穿梭著。

「就算有人躲在這裡……」

——我能抓他嗎？被抓到的那個人會在我面前，心臟麻痺死去啊……。

「不……還是非抓不可！都這個時候了，還猶豫什麼！」

夢斗用力拍擊自己的臉頰，大聲喊著。

「我一定要活下去！」

這時，覆蓋在成堆桌子上面的黑布，微微地動了一下。

夢斗楞住了。

「……有人在嗎？」

夢斗問道。不過並沒有人回應。

他慢慢靠近那堆桌子，小心翼翼地用單手掀開黑布。

「啊……」

風香就躲在桌子下面，手中還握著一把美工刀。看起來像是一隻被逼到牆角的小貓，不安地瞪著夢斗。

「不准再靠近一步！」

美工刀的刀片，喀嘰喀嘰地伸長。

「再靠近的話，休怪我動手了。要是你受傷了可別怪我！」

「……」

「怎麼啦，不想說話嗎？你跟由那在一起時，倒是喋喋不休說個沒完呢。」

「……妳還是快逃去山裡比較好。」

「咦……」

「躲去山裡啊。那裡比較不容易被發現。」

夢斗往後退了一步。

「我想，奈留美大概不會抓你們了。而蒼太好像也不想去山裡，他應該會找躲在學校裡的同學才對。」

「……這是怎麼回事？」

風香手裡拿著刀子，從桌子底下爬出來。

「為什麼？你不想抓我？命令還沒有達成不是嗎？」

「是啊，還得再抓2個人才行，否則我們就要受罰了。」

「既然這樣，為什麼你還這麼做？」

「對我來說，班上同學是有區別的。」
「區別？」
「嗯。不知道為什麼，我並不希望妳死。」
夢斗帶著苦笑，聳聳肩地說。
「所以，我現在要去找其他同學了。」
「等一下！為什麼你要放過我？」
風香挑著眉問。
「我只跟你說過一次話，這樣就要放我走嗎？難道你不顧自己的死活？」
「我也不知道為什麼。可是如果妳硬要我說個原因，大概是跟妳說過的話有關吧。」
「我說過的話？」
「妳不是跟我這麼說，『為了活命，什麼事都做得出來』嗎？」
「那又怎麼樣？」
「那時候的妳表情非常可怕。看得出來，妳寧可犧牲班上同學也要活下去。」
夢斗的視線移向風香手裡拿的美工刀。
「現在的妳也一樣，不擇手段想活下去。」
「那還用說嗎！我還不想死呢。」
「可是事實上，妳心裡也不希望跟同學反目成仇，對吧？」
「……」

「就因為這樣，妳才會把自己武裝起來。我不想抓像妳這樣的人。」

夢斗轉身背對風香，朝門的方向走去。

「離開這裡時要小心點。我可是下了很大的決心才放妳走，要是妳又被抓到，我的苦心就白費了。」

「夢斗……」

風香的聲音從背後傳來。但是夢斗沒有回頭，繼續往走廊移動。

【11月1日（星期一）中午11點13分】

夢斗正要下樓的時候，突然看到另一名女同學。對方大概也發現他了吧，眼睛睜得很大。

夢斗記得那個女生的名字叫清水乃愛。

「啊……啊啊！」

乃愛滿臉驚恐地在走廊上狂奔。夢斗不假思索地追上前去，不過看到乃愛沒命似地逃跑，夢斗頓時又放慢了腳步。

——追她要做什麼呢？真的要抓乃愛嗎？說不定她會死啊。

到目前為止，夢斗一直沒有跟乃愛說過話，只有今天早上看到她和竹岡純一一起逃。儘管如此，夢斗內心還是感到萬分掙扎，不知道該不該追上前去。

——乃愛並沒有做錯，她只是想逃離我們這些鬼。她是為了活命才會跑的。

不知不覺，夢斗停下了腳步。他站在走廊中間，望著跑走的乃愛背影。

這時候，蒼太突然現身擋住了乃愛逃命的路線。乃愛緊急停下腳步。

「終於找到啦。」

蒼太的臉上帶著天真無邪的笑容，一步步逼近乃愛。

「剩沒多少時間了，我正在發愁找不到人呢。哎呀，真是得來全不費工夫。」

「饒了我吧，蒼太。我們是同學不是嗎？」

看到淚水盈眶、不斷往後撤退的乃愛，蒼太搖搖頭。

「妳就別為難我啦。這關係著我們彼此的死活呢。」

「唔……」

「唉，在這場遊戲中妳已經輸了。這是鬼抓人遊戲，妳運氣不好，偏偏被我遇到。」

「不要！救命啊！」

乃愛轉身拔腿快跑。蒼太笑嘻嘻地在後面窮追不捨，兩人的距離迅速縮短。蒼太冷不防把手往前一伸，碰到了乃愛的背部。

「太好啦！抓到了！」

「啊……」

乃愛表情痛苦地跪在地上。接著，整個人趴了下去。看到眼前這一幕，蒼太笑了。

「這樣，我也算是交差了。」

蒼太走向被嚇呆的夢斗說。

「夢斗，你這個幫凶做得非常好。多謝你把乃愛從另一邊趕過來，我才能順利逮到她。」

「……我？」

夢斗楞楞地望著趴在地上的乃愛。大概是斷氣了吧，一動也不動。

「乃愛……」

「嗯？夢斗，你和乃愛幾乎沒有交談過對吧？」

「……嗯。只有轉學來的第一天打過招呼。」

「既然這樣，又何必哭喪著臉呢？我抓到乃愛的話，你獲救的可能性就會增加呢。」

蒼太不解地看著夢斗。

「啊……你該不會喜歡上乃愛了吧？這可是無法開花結果的愛喔，因為乃愛已經有男朋友了，就是我們班上的……」

蒼太的話還沒說完，夢斗的背後就傳出了聲響。轉過頭一看，原來是同班的竹岡純一，一臉鐵青地站在那裡。

「乃愛……」

純一步履踉蹌地走向乃愛。

「喂，乃愛，妳怎麼了？快醒醒啊。」

「她死了。」

蒼太說。

「這次國王遊戲的懲罰方式是心臟麻痺。」

「心臟麻痺……？這是騙人的吧。」

純一抱起乃愛的遺體。

「喂！乃愛，妳並沒有死，只是昏過去而已，對不對？」

乃愛的頭無力地垂下，乾澀的舌頭從張開的嘴裡吐出來。

「乃……乃愛……」

純一的身體無法控制地顫抖，淚水奪眶而出。

「為什麼……為什麼妳會死呢？哇啊啊啊啊！」

看到痛哭失聲的純一，蒼太的眼睛閃過一道光芒，就像個準備惡作劇的頑皮小孩一樣地揚起嘴角。

「哎呀，真是遺憾。乃愛本來想逃，可惜夢斗跑得比他更快。」

「蒼太，你在胡說什麼！」

蒼太不顧夢斗的抗議繼續說。

「哎呀，不用解釋啦。你會抓乃愛是也不得已的，乃愛受到懲罰不能怪你啊。」

「夢斗……是你殺死乃愛的嗎？」

純一用布滿血絲的眼睛，怒視著夢斗。

「是你嗎……」

「不、不是，我……」

「啊啊啊啊啊！」

純一大聲喊叫，朝夢斗衝撞過來。

「你！你竟敢殺了乃愛！」

純一跨坐在夢斗身上，朝他的臉打了一記重拳。夢斗的後腦杓撞到地面，眼前一片發白。

「我要殺了你！我要殺了你，我再去死！」

純一的雙手緊緊勒住夢斗的脖子。夢斗的臉痛苦地扭曲，朦朧的視野中，只看到純一那張因為憤怒而漲紅的臉。他流著淚，怒不可抑地用力絞緊夢斗的脖子。

「去死去死去死去死！」

「咳……唔……」

夢斗的眼睛爆出血筋，意識逐漸模糊。想用顫抖的手扳開純一，卻使不出半點力氣。

「我要你賠罪！用死向乃愛賠罪！然後還要……」

突然，勒住夢斗脖子的那雙手不再使力。夢斗趕緊張開嘴拼命吸氣，才吸第一口就被空氣嗆到。夢斗邊咳嗽，邊看著騎在他身上的純一。

純一的手摀著自己的左胸，兩眼無神地望著天花板，連眨也沒眨一下，就這樣靜止不動了。接著，身體開始往一邊傾斜，然後倒在夢斗的身旁。

「啊……」

夢斗撐起上半身，看著自己的手。那是剛才握住純一的手……。

「我……抓到純一了？」

「好像是吧。」

蒼太在純一面前蹲下身來。

「不管碰到身體的哪個部分，都算抓到。鬼抓人的遊戲規則就是這樣。」

「是嗎……」

倒在旁邊的純一，眼裡泛著淚光。淚水順著臉頰滴落在地面上。

「哎呀，這麼一來，我們這三個鬼都達成命令了。」

「……蒼太。」

「嗯？你想問剛才的事嗎？其實也沒什麼啊。乃愛想從你身邊逃跑，不巧被我撞個正著。

我們之間到底是誰抓到她，我想也沒人在乎了。」
蒼太伸出食指，咚咚咚地敲著純一的額頭。
「這麼一來，你也算達成命令了。畢竟只有我跟和奈留美殺人的話，總是說不過去吧。」
「殺人……？」
「放心吧，我們不會被判刑的。」
「我擔心的不是這個！」
夢斗調整紊亂的呼吸，伸手去摸純一的遺體。
「蒼太，過來幫忙吧。我們得把純一和乃愛的遺體搬到校門口那邊才行。」
「搬去校門口……？喂，放在這裡就行了啦，警察會處理的。」
「放在這裡的話，同學們都會看到。誰都不想看到自己同學的屍體吧。」
「我想，大家應該都見怪不怪吧。」
蒼太聳聳肩，嘆氣地說。
「到目前為止，已經有7位同學死去。剩下……呃，因為宗介沒來，所以剩下24位同學和岩本老師。」
「已經死7個人了……」
「就算死了7個人，遊戲可能也不會結束。我認為那些死去的同學之中，並沒有國王，所以遊戲還是會繼續。」
聽到蒼太這麼說，夢斗不由得咬緊嘴唇。

命令4

【11月1日（星期一）中午11點52分】

把臉洗乾淨後回到教室，就看到蒼太的身邊聚集了好幾位男同學，夢斗下意識地扳起臉孔。

「喔，是轉學生呢。」

誠一郎的嘴角露出笑意說。

「這是我們第一次交談吧？對了，我應該先跟你說聲恭喜才對。」

「恭喜？」

「嗯，聽說這次的鬼抓人遊戲，最後是鬼勝利了。蒼太傳簡訊通知我們了。」

「所以，你們才敢在12點以前回來教室嗎？」

「是啊。雖然之前有收到簡訊，說蒼太保證不抓我們。可是誰知道他會不會守信用。」

「疑心病還真重。」

「那還用說！我們參加的可是一步走錯，就會賠上性命的國王遊戲呢。」

誠一郎的視線移向靠走廊的那排窗戶。

「班長陣營的疑心病比我們嚴重多了。我猜，不到12點他們是不會回到教室了。」

「誠一郎。」

站在誠一郎背後的熊谷佐登志用低沉的聲音說。佐登志是誠一郎陣營的一員，皮膚白皙，身高超過一百七十公分，四肢像樹枝般細瘦，幾乎沒有肌肉可言。他那對乾澀的嘴唇，不懷善意地動著。

「就是那個傢伙害死龍司的吧？」

「沒錯。那個轉學生的一場演說，讓班上許多人把票投給了龍司。」

「既然如此，不如趁現在把他殺了。」

聽到佐登志的提議，夢斗的身體震了一下。看到夢斗的反應，誠一郎發出了沉吟。

「殺了他嗎……嗯，這倒是可以考慮呢。」

「對吧？現在這裡只有我們，只要說他是死於國王遊戲，沒有人會怪我們的。」

「……有道理。我們就來幫龍司報仇吧。」

「等一下！我認為還不要這麼做比較好。」

蒼太出面擋在誠一郎和夢斗之間。

「殺死夢斗一點意義也沒有。而且，說不定反而對我們不利。」

「不利？這話怎麼說？蒼太。」

「你想想看，國王遊戲極有可能會繼續下去。要是到時候受懲罰的人數變少，不是對我們很不利嗎？」

蒼太把手臂搭在夢斗的肩膀上說。

「我有辦法讓夢斗加入我們。這傢伙好像滿耐操的，有他加入，相信對我們一定會大有幫助。」

「我不會答應的。」

夢斗斬釘截鐵地拒絕。

「我絕不會加入你們。」

「……咦？死到臨頭了還說這種話？真是勇氣可嘉。難道你不想活啦？」

「就是因為想活，所以才不要加入你們。」

「這話是什麼意思？想要達成國王遊戲的命令，人多比較有利不是嗎？」

「因為智輝。霸凌智輝的，不就是你們這幫人嗎？」

「那又怎麼樣？」

「我的意思是，國王遊戲的最終目標，很有可能是你們陣營的成員。」

聽到夢斗這麼說，誠一郎的表情楞住了。

「你說，我們是最終目標？」

「沒錯。雖然現在還不知道國王是誰，可是很明顯的，他對智輝自殺的事非常憤怒，所以你們的陣營其實非常危險。到目前為止，國王似乎認定我們全班都要為智輝的死負責，可是誰知道他何時會失控。說不定下一道命令就是『誠一郎陣營的人全部自殺』，這也不是不可能啊。」

「嗄？怎麼會有這個命令？」

「我只是打個比方而已。不過，你們最好要有心理準備。國王那個人，什麼命令都想得出來，而你們又正好是國王最痛恨的目標。」

「哼！還真是伶牙俐齒呢，轉學生。」

誠一郎的眼睛瞇得跟針一樣細，瞪著夢斗說。

「哼，算了。蒼太說得也沒錯，多保留幾個受懲罰的羔羊對我們比較有利。現在最重要的，就是在警察抓到宗介之前，盡量爭取時間。」

「誠一郎，你認為宗介就是國王嗎？」

「嗄？除了他還會是誰？現在宗介行蹤不明，如果他不是國王，為何會突然失蹤？」

「可是，蒼太的看法可能跟你不一樣喔。」

「是的，我並不認為宗介是國王。」

蒼太回答。

「這只是我的猜想，我認為國王很可能是女生。」

「國王是女生？」

夢斗吃驚地看著蒼太。

「為什麼你會認為是女生呢？」

「不……我也不是很肯定。只是直覺地認為國王可能是女生而已。」

「那是不可能的啦！蒼太！」

誠一郎否定了蒼太的臆測。

「國王不是用刀子或什麼的殺死了再生的信徒嗎？女生哪有力氣做這種事。」

「不，如果是拿刀從背後突襲的話，就算是女生也能殺人。重點是，是否有殺人的意圖。」

聽了蒼太的分析，一旁的佐登志和濱谷洋二不約而同地「嗯嗯」點頭贊同。

「誠一郎，蒼太的預測通常很準，也許我們應該把女生也列入嫌疑。」

「如果這麼想的話，那麼國王就在學校裡面了。因為並沒有女生請假沒來上課。」

「所以說，這只是我的猜測而已。」

蒼太聳聳肩，苦笑地說。

「老實說，在沒有更進一步的線索之前，什麼事都不能確定。不過，我倒是知道誰絕對不是國王。」

「你是說我們嗎？」

「不、不是我們，是夢斗。」

「轉學生？」

「是的。夢斗是轉學生，所以我確定他不是國王，因為他從未和智輝接觸過。喂，你應該不是智輝的親戚吧？」

「當然不是。」

夢斗連忙回答。

「我連智輝的長相都沒見過，硬要說我們有什麼共通點的話，就是我跟他坐同一個位置吧。」

「哈哈哈，那的確是你們的共通點。現在可以確定的是，就算殺了夢斗，國王遊戲也不會結束。」

這時候，夢斗的智慧型手機發出簡訊的鈴聲。蒼太他們的手機也同時響起。

「是下一道命令嗎……」

夢斗盯著手機螢幕說。

【11／1星期一12：00　寄件者：國王　主旨：國王遊戲　本文：這是赤池山高中2年A班全班同學和級任老師岩本和幸強制參加的國王遊戲。國王的命令絕對要在時限內達成。※不允許中途棄權。※命令4：找出國王藏在校園裡的撲克牌卡片。24小時之後，手上的撲克牌卡片數字總和最少的3個人，要接受懲罰。可以將卡片送人，但是禁止搶奪。　END】

「這次是尋寶遊戲嗎？」

「好像是。」

夢斗喃喃說著的同時，蒼太出聲回答。

「不知道撲克牌是不是只有一副。等我們開始找之後慢慢就會知道了。」

「開始找之後慢慢就會知道？為什麼？」

聽到誠一郎這麼問，夢斗回答他。

「如果沒有找到相同的卡片，就表示應該只有一副。例如，從紅心A到紅心K，每個數字剛好都只有一張，就表示只有一副撲克牌的可能性相當高。」

「夢斗！說得對！你這小子腦袋挺靈光的嘛。」

蒼太笑著拍手稱讚，眼睛卻轉向誠一郎說：

「誠一郎，可以開始找卡片了吧。目前我們陣營的人都留在校園內，比其他陣營來得有利。而且找到卡片後，可以送給另一個人。如果一切順利的話，也許我們都可以逃過懲罰。」

「好！大家分頭去找卡片吧！」

誠一郎邊往走廊跑去，邊回頭看著夢斗說：

「轉學生，你要多加油啊！你跟我們不一樣，落單的孤鳥，不會有人把卡片送給你的。」

說完，誠一郎陣營的人帶著邪惡的笑容跑出了教室。

【11月1日（星期一）中午12點32分】

「啊、夢斗！」
由那朝正在體育館裡面尋找卡片的夢斗走過來，陽平跟在後面。
「原來你在這裡。看過國王遊戲的簡訊了嗎？」
「我現在正在找卡片呢。」
臉色蒼白的夢斗微笑地回答。
「用我剛才殺過同學的手。」
「啊……」
聽到這句話，由那的表情突然間暗了下來。
「是誰死了？」
「四郎、乃愛和純一。純一是我抓到的。」
「……也對。當鬼的你還活著，就表示一定有人死了。」
看到由那沉默不語，一旁的陽平搶著繼續說。
「這也是沒辦法的事啊。要是當鬼的夢斗不抓同學的話，他自己就要受懲罰了。反正不管怎麼樣，總得有3名同學受罰才行。」
陽平輕輕拍著夢斗的肩膀。
「就算我叫你不要放在心上，你還是會耿耿於懷吧。但是現在可沒有時間為這種事傷神了，班長的陣營已經下山開始尋找卡片了，其他陣營的人也一樣。」

「……說得也是。我們得想辦法找到足夠的卡片，每人至少要湊足16點以上才行。」

「16點以上？」

「嗯。卡片加起來的數字超過16點的話，就可以安全過關了。當然，這是在撲克牌只有一副的情況下。」

夢斗把從筆記本撕下來的紙片交給陽平，上面有他寫下來的幾個數字。

「剛才我計算過了。目前存活的總人數是25人，如果手上的卡片加起來的總和是15的話，就有可能會受罰。雖然這樣的情況極少發生，不過還是要考慮到有些卡片可能不會被找到。」

「如果超過16就沒問題了嗎？」

「嗯。超過16的話肯定不會受到懲罰。我想其他陣營可能也知道了，甚至已經在安排，該如何讓自己陣營的成員拿到16點以上。」

夢斗指著寫在紙上的數字說。

「比方說，同一個陣營的人拿到3點、4點、12點、13點的卡片，分成3和13、以及4和12兩組的話，就有16點了。如此一來，有兩個人就不需要受罰。」

「那如果撲克牌有2副以上該怎麼辦？」

「那樣的話，就要重新計算了。在找卡片的過程中，可以知道大概有幾副。例如找到2張同花色、同點數的卡片，就表示至少有兩副以上。」

「這麼說，情報很重要呢，嗯嗯——」

陽平交叉起雙臂發出沉吟，瞇眼看著夢斗。

「……這樣吧，夢斗，我們也來組隊如何？」

「組隊？」

「嗯。我相信你的為人。我聽由那說，你跟奈留美和蒼太說好，希望他們不要抓我對吧？」

「……嗯。因為你告訴我很多關於班上同學的事情。不過真正的原因是，班上同學之中，我只跟你和由那說過話而已。」

「不管基於什麼原因，你想幫助我是事實。總之，我們還是組隊吧。這次的命令，對我們這些沒有參加陣營的孤鳥是很不利的。」

「嗯，的確，有隊友是比較有利。」

夢斗回答。

「不但可以互贈卡片，也比較容易知道還有哪些卡片沒被找出來。而且，大家還可以兵分多路去找。」

「既然這樣，那我們就組成一隊吧。把那些沒有加入陣營的同學集合起來，組成一支新的陣營。」

「新的陣營？」

「是啊。不這麼做的話很難和其他陣營對抗。當然，隊長就由你來當吧，你看起來腦筋好像很聰明。」

「也許……這是個好辦法。」

由那把手貼著臉頰說。

「我想，風香一定會加入我們的。」

「風香嗎……除此之外，落單的女生還有花音和理子。男生是星也和時貞。星也是個乖寶寶，只要提出邀請應該會答應才對。至於其他人我就不敢肯定了。」

「我去找女生加入吧。」

「那麼，我去說服男生。這樣可以嗎？夢斗。」

「嗯。伙伴的人數越多越好。」

夢斗這麼說。陽平握起拳頭，打在另一隻手的掌心上。

「好！夢斗陣營成立！」

【11月1日（星期一）下午1點25分】

夢斗一回到教室就聽到誠一郎的聲音。走廊上的誠一郎正在和星也談話。

「怎麼樣？可以吧？」

誠一郎的手搭著星也的肩膀說。

「我不是要你免費給我。我是說要用10萬圓買下你找到的卡片。」

「可、可是……」

星也手裡緊握著卡片，眼睛盯著走廊的地板。

「現在，卡片比錢更重要。」

「再去找不就得了嗎？就跟你說，沒問題的啦。」

「……」

「喂！你有沒有在聽啊？」

誠一郎在走廊的牆上捶了一拳，發出咚的一聲。星也的身體本能地震了一下，眼鏡後方的表情流露出驚恐。

「還考慮什麼啦！快把卡片給我，我會付你10萬圓，夠你買最新的電腦了。你不是一直很想買電腦嗎？」

「不要再逼他了。」

夢斗出聲制止。誠一郎緩緩地轉過頭。

「是轉學生啊……你少管閒事，我正在和星也談事情呢。」

「談事情？可是我怎麼看，都像是你在威脅他。」

「我們是在談交易。要是你手上有卡片的話，我也可以跟你談啊。」

「很抱歉，我到現在一張都沒找到。」

「既然這樣，這裡就沒你的事了。」

誠一郎重新轉向星也。

「喂，星也，怎麼樣嘛？反正還有很多時間，再找一張很容易的。」

「我、我……」

看到星也嚇得兩腿不停發抖，夢斗忍不住說。

「不想賣的話就拒絕吧。反正，在這次命令中是禁止搶奪卡片的。」

「夢斗……」

星也一臉訝異地看著夢斗。

「喂！現在是我在和星也說話耶！」

「我也有話要跟星也說。」

夢斗推開了誠一郎，站到星也面前。

「星也，要不要加入我們的陣營？」

「夢斗的陣營？」

「嗯。這次的命令，對有參加陣營的人比較有利，所以我們正在召集沒有加入陣營的同學。

你還沒有加入陣營吧？」

「嗯、嗯。我一直是獨來獨往。」

星也尷尬地低著頭說。

「還有其他人參加嗎？」

「到目前為止，只有我、由那，和陽平而已，不過我想人數會慢慢增加的。」

「……我要參加。不、應該是，請讓我加入吧。」

聽到星也這麼說，誠一郎發出怒吼。

「不會吧？你要和轉學生聯手？」

「總比和你們聯手要好吧。」

夢斗瞥了一眼誠一郎說。

「照剛才的樣子看來，星也一旦加入你們，他找到的卡片一定會被你們拿去。」

「嗄？你不要含血噴人。喂、星也，你當真要加入轉學生的陣營？」

「是……是的。我要加入夢斗的陣營。」

星也用顫抖的聲音回答誠一郎。

「……好吧，我知道了。星也，你可不要後悔喔。」

誠一郎簡短地咋了一聲，之後便轉身離開。此時，星也的臉色看起來極為蒼白。

「怎、怎麼辦？誠一郎是不是生氣了？」

「害怕也沒有用，現在最重要的是找出卡片。」

「說得也是。我只找到一張卡片而已，所以正在擔心這些點數夠不夠。」

「你的卡片是幾點？」

「呃，我找到的是黑桃6。」

星也把握在手心的卡片秀給夢斗看。撲克牌是塑膠材質，背面畫了像是幾何圖形的花樣。看起來和一般的撲克牌沒什麼兩樣。

「這張卡片……你是在哪裡找到的？」

「在教職員辦公室的抽屜裡。我記得是在岩本老師的抽屜。」

「岩本老師的抽屜嗎……」

夢斗看著撲克牌卡片，發出沉吟。

——已經知道撲克牌的樣子了。不過現在只有一張，情報還是太少。必須把同陣營的卡片收集起來，才能更進一步確認。

「謝謝你，星也。」

夢斗把星也的卡片還給他。星也訝異地張著嘴。

「啊……」

「嗯？怎麼了嗎？」

「不、沒什麼。」

星也慎重地把撲克牌卡片收進口袋裡。

「那麼，接下來該怎麼辦呢？」

【11月1日（星期一）下午2點3分】

「那麼，這些都是我們陣營的伙伴嗎？」

風香來回看著教室裡的夢斗和其他人。

「我早就猜到星也會參加，不過時貞居然也加入了，真是令人意外。」

「因為我也不想死啊。」

坐在椅子上的時貞，用低沉的聲音回答。時貞的身高約一百八十公分，體格壯碩，肩膀寬厚，翹著二郎腿的雙腳也很修長，不過卻頂著一頭蓬鬆的亂髮，看起來像是自己剪的一樣。他用銳利的眼神看著夢斗說：

「我贊成大家一起尋找卡片、分享情報。可是到時候，你要怎麼分配卡片？」

「誰找到就是誰的。」

夢斗這麼回答。

「不過，如果找到的卡片點數總和超過16的話，最好能和陣營內的隊友交換。比方說，時貞找到點數10和點數8的卡片，而我的是8和6，那麼，只要時貞把點數8和我的點數6交換，這樣我們兩人的點數就都是16了。」

「……原來如此。你希望我們陣營的人全部躲過懲罰對吧？」

「嗯。當然，如果我們的立場反過來的話，我也會幫助你的。」

「幫助我……是嗎？」

時貞舉起一隻手，把蓬亂的頭髮往上撥了撥。

「我想你這個轉學生大概還不瞭解我吧，我就先把話說清楚好了。我這個人幾乎不和班上的同學打交道，不是被排擠，而是我對搞小圈圈沒興趣。」

「沒興趣？」

「嗯，再說，我也沒空玩樂。我老爸在鎮上經營工廠，我得去那裡幫忙。」

「你還是高中生耶。」

「別跟我說什麼勞動基準法這些喔。我老爸經營的是家庭工廠，職員就是家人和親戚。要是另外雇人的話根本沒得賺。」

時貞從座位上站起，走向夢斗。

「我不信任別人，尤其是我們這個班。」

「你是指誠一郎那個陣營嗎？」

「奈留美的陣營也是，大家都一樣，彼此都是沒有關係的人。我只是為了活下去而利用你們罷了。當然，你們也可以利用我。除此之外，別對我抱有任何期待。」

「……這樣就足夠了。」

夢斗抬起頭，看著身材比自己高大的時貞，冷靜地回答他。

「在這種情況下，要信任別人的確很困難。可是我……」

「可是？可是什麼？」

「不，其實也沒什麼大不了的。」

這時候，教室的門突然打開，由那走進來。

「夢斗，花音和理子不願意。」

「不願意？妳是說，她們不想加入我們的陣營？」

「嗯，那兩個人說要加入誠一郎那邊。好像是蒼太慫恿她們的。」

由那嘆了口氣。

「是嗎？誠一郎他們也很積極呢。因為這個命令對人數多的陣營比較有利。」

往窗外看去，可以發現有幾名女學生在運動場角落來回移動，好像在找卡片。

「那是陽子和愛吧？」

「是啊，她們是班長陣營的。」

「喂！我們也快點去找吧，否則情況會越來越不妙！」

陽平心急如焚地走向夢斗。

「卡片就只有那幾張，再不快點的話，到時候我們之中就有人要受罰了。」

「好！我們也快點行動吧！」

夢斗他們聚集在窗邊，開始進行商議。

【11月1日（星期一）下午3點26分】

2樓的圖書館裡面一個人影也沒有，地上卻散落好幾本書。之前大概有人來這裡找過了吧。

夢斗把掉在地上的書本撿起來，疊放在桌面上。

「如果卡片藏在書本裡面，找起來可辛苦了。」

夢斗一抬頭，看著排列在書架上好幾萬本的書。真要一本本翻找的話，時間一定會來不及。

「我們還是去其他地方找吧？」

正要往出口方向走去時，夢斗突然又停下腳步。窗邊的書架吸引了他的注意。

「說不定……」

夢斗走近書架，瀏覽了一下書背上的書名，然後從裡面取出一本名叫『凱爾德病毒基礎知識』的書。才一翻開，一張撲克牌卡片隨即飄落在地上。夢斗趕緊撿起來看，上面寫著黑桃4。

「是4啊……」

夢斗看著卡片喃喃自語。

——雖然不是令人滿意的點數，不過只要能再找到有人物圖樣的K或Q，就不必受罰了。不，光是這樣還不夠，得再多找幾張，才能幫助其他伙伴。

這時候，圖書館的門突然打開，班長英行和副班長美樹走進了進來。他們和夢斗撞個正著時，表情楞了一下。

「是夢斗啊？」

英行小心謹慎地走向夢斗。

「你好像順利通過抓鬼的命令了。可惜，我無法向你道賀。」

「是啊，因為有班上的同學代替我死了。」

夢斗感到左胸口深處一陣隱隱作痛，但還是盡量保持冷靜。

「那件事不能怪你。我們也是，明知道你們會受罰，還是採取了自保的行動。所以是半斤八兩。」

「你們一直躲在山裡嗎？」

「我認為那裡是最安全的地方。四郎因為擅自跑回學校，所以才會死。」

「四郎的舉動簡直就像是在自殺，他是故意讓奈留美抓到的。」

「是啊。四郎暗戀奈留美很久了，奈留美就是利用這個弱點殺了他。」

英行眉頭深鎖，嘆了口氣說。

「已經發生的事，懊悔也沒有用。還是想辦法達成新的命令要緊。」

「說得也是。這次的命令至少會有3個人必須受罰。」

「問題是誰會受罰呢？」

英行的視線移向夢斗手上的卡片。

「你好像找到卡片了。」

「嗯，就夾在書本裡。」

「這樣啊……」
英行打量著夢斗，手握著貼在嘴唇上說：
「……夢斗，要不要跟我們分享情報？」
「情報？」
「是的。你們不是組了新的陣營嗎？就是你、陽平、時貞、星也、由那、風香。」
「你的消息真靈通。」
「我們陣營裡有個女生，剛好偷聽到你們在教室的談話。花音和理子好像加入了誠一郎的陣營對吧？」
「嗯。現在，班上同學全都加入不同的陣營了。」
「為了活下去，這是比較保險的選擇。」
「原本只是個人的生存之戰，現在卻演變成陣營和陣營的大戰了。」
夢斗緊握著手中的卡片說。
「到頭來還是跟之前一樣，同學之間終究還是得互相殘殺。」
「不過，也可以互相合作。比方說，聯手調查是不是只藏了一副撲克牌。」
「如果只有一副的話，那麼只要收集到16點，絕對可以安全過關。」
「原來你也知道啦。因為一副撲克牌的數字總和是364，如果點數達到16點以上，就不會變成墊底的那3個。如果卡片沒有全部被找到，那就更安全了。」
「問題是，如果被藏起來的撲克牌有2副以上，那就傷腦筋了。」

「所以，我們才想要知道你們手上卡片的數字啊。」

英行從口袋裡掏出4張卡片。

「怎麼樣？我認為確認撲克牌是不是只有一副，對我們雙方都很重要呢。」

「你說得沒錯，但是這件事我無法做主，必須先和大家商量才行。」

「嗯嗯，那樣也沒關係。」

說完，英行把手上的撲克牌數字秀給夢斗看。

「我們拿到的是方塊7、紅心3、紅心K，和梅花5。」

「……你怎麼亮出來啦？」

「我們陣營的決定權在我手上，而且比起其他陣營，我比較信任你們。」

英行面帶疲憊的笑容說。

「當然，到最後也有可能變成我們兩個陣營互相競爭的局面。」

聽到英行這麼說，夢斗的表情楞住了。

【11月1日（星期一）傍晚5點41分】

夢斗陣營的成員們聚集在4樓的電腦教室裡。白色桌子上面擺滿了幾十台電腦，白板上還留著用紅筆畫的卡通人物，大概是學生的塗鴉吧。

夢斗從口袋裡拿出3張卡片放在桌上。

「至少找到3張了。黑桃4、方塊6，和方塊9。」

「我只找到紅心8。」

由那尷尬地拿出自己的卡片說。

「對不起，我正在音樂教室裡面找的時候，奈留美他們突然跑進來。我本來還想多找一會兒，可是被趕了出來。」

「不要放在心上了，音樂教室裡也不見得可以找到，沒必要跟他們爭。」

「我是梅花11！是有彩色圖案的喔！」

風香拿出卡片後，往一張有小滑輪的椅子坐下。

「星也，你們呢？」

「我只有在開始的時候找到的一張黑桃6。」

「我是黑桃Q，12點。」

「我只找到紅心9。原本以為可以在教室大樓找到更多呢。」

星也、時貞和陽平三人依序回答。

夢斗把成員們找到的卡片，全部寫在學生手冊上。

「到目前為止，我們的卡片和英行他們的卡片並沒有重複。看來，撲克牌只有一副的可能性相當高。」

「這麼說，只要收集到16點以上的話，就可以躲過懲罰了？」

對於風香的問題，夢斗點頭回答。

「嗯，之後要和英行他們交換情報，比對看看是否有相同的卡片，到時候應該就可以知道有幾副撲克牌了。」

「有了目標之後，找起來比較帶勁，而且好像順利多了。說不定這次可以輕鬆過關喔。」

「不過，還是不能掉以輕心，因為卡片的數量會越來越少。」

「是啊。像我這張卡片就是在音樂教室的鋼琴鍵盤上面發現的，一眼就認出來。可是接下來恐怕沒那麼容易了。」

風香看著擺在桌面上的卡片說。

「喂，夢斗，要是最後無法讓每個人湊到16點以上的話，該怎麼辦？這也是有可能的吧？」

在場的人聽到風香這麼問，表情頓時轉為凝重。沉默了數十秒之後，夢斗終於開口說：

「……我有個建議，就是大家最好能保持相同的點數。例如，每個人的數字總和是15或14這樣。」

「可是這樣的話，我們之中不是有人可能會受到懲罰嗎？」

「是的。可是如果大家的點數相同的話，也許可以賭一下，看看是否全部的人都不必受罰。

的確，如果只有15點是有受罰的可能，但是機率很小。要是撲克牌的卡片沒有全部被找到的話，那麼只拿13點或14點，我想應該還是安全的。」

「應該……？這種拿生命當賭注的建議，未免太可怕了吧。」

「可是，萬一風香之後連一張卡片都沒找到的話，用這個方法或許可以救她。」

「……原來如此。」

風香看著自己手上的卡片喃喃地說。

「明白了，我贊成夢斗的提議。因為夢斗自己的點數已經超過16點了，可是他還是提出了這個方法。」

「我也贊成。」

由那附和。

「雖然有點冒險，可是我也希望能幫助大家，至少幫助我們陣營的每個成員。」

陽平和星也也同意夢斗的提議。

「時貞，你覺得怎麼樣？」

聽到夢斗這麼，時貞瞇起一隻眼睛回答。

「……好吧。我這個人運氣不好，與其靠自己找，倒不如和你們合作還比較保險。」

「那麼，我們繼續分頭去找吧。目標是讓每個人都拿到16點以上。」

每個成員都點頭贊成夢斗的提議。

【11月1日（星期一）晚間10點34分】

一打開校長室的門，就發現岩本正在翻找木桌的抽屜。他看起來神情憔悴，眼睛下面有一圈黑暈，臉頰到下巴的部分也長出鬍渣。不過才短短幾天，整個人看起來老了好幾歲。

「岩本……老師。」

「……是夢斗？」

岩本張開乾澀的嘴唇說。

「怎麼樣？找到卡片了嗎？」

「……我和伙伴們還在找。」

「伙伴……？你也交到朋友啦？」

「我也不知道能不能說是朋友，只是我們想要一起活下去。」

夢斗斬釘截鐵地說。

「老師，你是一個人行動嗎？」

「是啊，我總不好加入學生的陣營吧。說起來，像我現在這樣拼命找，就已經失去當老師的資格了。因為如果我活下去，就表示有學生必須死。」

岩本無奈的笑聲在校長室裡迴盪著。

「可是不管怎麼說，為了活命還是得行動。在上次的命令中，為了不被當鬼的你們抓到，我也跑去躲起來了。」

「這也是沒辦法的事，老師畢竟也是凡人啊。」

「……謝謝你這麼說。剛才我看到副班長美樹了，她發現我也在找卡片時，還不屑地瞪著我呢。」

岩本放在桌子上的手不停地顫抖。

「這個……」

「告訴我，夢斗，我們是不是非得玩國王遊戲不可呢？」

「的確，我們班上是有同學自殺了。可是，就算我這個級任老師或是班上同學有過錯，也沒必要用這種方法對付我們吧？我真想不通，為什麼要逼大家玩什麼國王遊戲……」

「我也不知道原因。」

「哈……哈哈，你這個轉學生一定比我這個級任老師更覺得莫名其妙吧。」

岩本拖著踉蹌的腳步走近夢斗，把手搭在他的肩膀上。凹陷的眼睛認真地看著夢斗。

「照理說，我應該帶領學生才對，可是……我恐怕已經到極限了。」

「極限？」

「我不想當老師，所以無法再指導你們了。我打算辭職，然後回熊本老家去。」

「老師……」

「呵，當然啦，前提是我必須能夠在國王遊戲中活下來才行。」

岩本的身體搖搖晃晃的，拖著腳步走出校長室。

【11月2日（星期二）上午10點45分】

「後來找到的，就只有這幾張嗎？」

在電腦教室裡，夢斗把風香他們交出來的卡片，登記在學生手冊上。

「黑桃5、紅心4，還有梅花1……」

「只有這些根本不夠。」

風香細緻的雙眉往上挑起。

「我的是黑桃5、星也是紅心4、由那是梅花1，陽平到現在人還沒回來。時貞，你什麼都沒有找到嗎？」

「我說過，我這個人的運氣很差的。」

時貞不耐煩地咋了一聲。

「搞不好，卡片有可能全部被找出來呢。因為班長陣營的人很努力在找，別的陣營也一樣。」

「要是卡片全部被找到的話，那我們豈不是全都要受罰了嗎？我們這邊頂多只有11點到13點吧。」

「如果分給6個人話，的確只有這樣。而且，點數11和12的人確定會受到懲罰。」

教室裡的空氣瞬間降到冰點，每個人都臉色發白。

「到頭來，還是無法讓全部的人得救。」

時貞嘆了一口氣，冷笑說。

「夢斗的總點數是19點、風香是16點、我是12點、星也是10點、由那是9點。不知道夢斗會救誰呢？是我？星也？還是由那？你打算怎麼辦？」

「我……」

夢斗正要開口的時候，教室的門打開了，陽平走了進來。

「對不起，我回來晚了。多花了些時間找卡片，收穫還不少呢。」

「你找到卡片了？」

「是啊，而且是彩色人像的卡片。」

陽平從口袋裡拿出兩張卡片放在桌上，是方塊13和黑桃11，夢斗不由得睜大眼睛。

「2張都是彩色人像耶。」

「是啊，因為我很想對大家有所貢獻嘛。」

「真有你的！」

風香眼睛閃閃發亮地往陽平的肩膀上拍了一下。

「夢斗，這麼一來，我們大家應該都有救了吧？」

「等一下，我算算看。」

夢斗計算了一下寫在學生手冊上的卡片數字。

「……沒有問題！這樣的話，可以配成17、17、16、17、16、16這幾種組合。」

「全部都可以配成功嗎？那麼，拿到16點以上就表示……」

「我們都不需要受處罰了！」
聽到夢斗這麼說，風香等人的臉上都露出了笑容。
「我們得救了，對吧？」
「嗯，我們每個人都可以達成命令了。」
「原來我還是有點小運氣啊。」
「好！快點分吧。」
接著，陽平又從口袋裡拿出一張紅心9，放在桌面上。
「夢斗，由你來分配吧。」
「嗯、好！我知道。」
夢斗從口袋裡拿出自己找到的卡片，由那他們也跟著照做。
夢斗把全部的卡片分成6份。
陽平手上拿著兩張。
「那麼，我拿9和8，因為兩張都是紅心。」
「是不是紅心有什麼關係嗎？」
「這個，因為紅心有戀愛的感覺啊。」
陽平露出曖昧的笑容，對著風香眨眼睛。
「來，風香，你們也拿卡片吧。萬一這時候，其他陣營闖進來就糟糕了。」
「啊、對喔。一定要拿好才行。」

風香拿完卡片後，由那、星也和時貞也趕緊伸手去拿。夢斗收下最後剩下的一組後，吐了一口長長的氣。

——太好了！雖然驚險，可是大家總算可以活下去了。撲克牌應該只有一副，所以我們這個陣營不會有人受到處罰了。

看到由那他們樂不可支的樣子，夢斗的心情不禁跟著雀躍起來。

——也許還會有下一次的命令，可是只要大家團結合作，一定可以克服的。

「咦？」

突然，星也指著時貞手上拿的卡片。

「那張卡片的花色……」

「卡片的花色怎麼了嗎？」

時貞把卡片的背面翻過來看，瞬間臉色大變。

「這、這是什麼？花色不同啊！」

時貞把卡片背面拿給夢斗看。果然，卡片的圖案和夢斗他們的不一樣。

「我的卡片花色也不一樣！」

風香看著方塊13的卡片背面，不禁叫出聲。

「這是怎麼回事？陽平！」

陽平嘴角上揚，聳聳肩說。

「因為那張並不是國王藏起來的卡片。」

「那是我之前放在書包裡面的。大概是1個月之前在百圓商店買的，本來我是想在午休時間玩的。」

「我不是在問你這個！而是你為什麼要這麼做？」

「……因為，我想幫助我陣營的伙伴啊。」

夢斗走近陽平。

「我的陣營？難道……」

「沒錯。我加入奈留美的陣營了，還是她親自來找我去的喔。」

「奈留美親自找你去？」

「是啊。奈留美陣營一直找不到足夠的卡片，所以就把腦筋動到其他陣營。像這樣，只要減少卡片的數量，就算平均只拿到14點也不需要受罰了。這招很不錯吧？」

陽平看著夢斗手裡拿的卡片說。

「老實說，我在門口那裡偷聽到你們的談話之後，自己仔細算過了。因為我拿走了9和8，所以剩下的卡片平均連13點都不到。這麼一來，奈留美就安全了。」

「……為什麼？」

夢斗的聲音在顫抖。

「因為奈留美答應我。她說只要我出賣你們的陣營，等國王遊戲結束後，就會讓我上。」

「讓你上？」

「你是男人，應該知道是什麼意思吧。而且不只奈留美，若葉和伊織也答應要讓我上喔。

她們可是我們班排名前3名的美女呢！」

「你居然會為了這種事情……」

「拜託，奈留美比一般的模特兒還要正點，能夠跟那樣的漂亮寶貝上床，哪個男人能拒絕啊。」

「低級！」

風香瞪著陽平說。

「真沒想到，你是這麼卑鄙無恥的小人。」

「我這麼做是理所當然的，又不純粹只是好色。只有用這招，我才能免於一死，這叫策略。」

「策略？」

「是啊。沒有人知道國王遊戲要玩到什麼時候，而倖存機率比較大的，不是奈留美的陣營，就是誠一郎的陣營。很遺憾，像你們這種臨時召集來的烏合之眾，是比不上人家的。」

陽平大言不慚地看著夢斗說。

「夢斗，雖然你很聰明，仁慈又寬厚，可惜還是贏不了奈留美和誠一郎他們。你知道為什麼嗎？」

「因為我是轉學生嗎？」

「不只這個原因，而是你沒有覺悟的心。奈留美和誠一郎他們為了活下去，不擇手段想盡辦法阻撓其他陣營，甚至連殺死自己的同學都在所不惜。你以為你們可以用光明正大的手法，打敗像他們那樣的對手嗎？」

「……」

「不知道該如何回答對吧？唉，如果是選朋友的話，比起奈留美和誠一郎，我寧願選你。可是我們現在掉進了國王遊戲的世界中，情況不一樣啊。那種可有可無的同情心，只是累贅罷了。」

「你的演講結束了嗎？」

時貞握緊拳頭，慢慢朝陽平走過去。

「把我們的卡片還來。」

「不要這樣，時貞。」

「嗄？你做了這種不要臉的事情，以為可以逃得掉嗎？」

「逃不掉又怎樣？我偏不把卡片還你。不管你怎麼打我，我也不會交出來，你能奈我何？國王遊戲規定，不可以用搶的。」

「……就算犯規，我也不在乎。要死，我也要拉你一起下黃泉！」

「先別衝動！時貞。」

夢斗阻止時貞。

「這麼做也於事無補，他不會把卡片交出來的。」

「可是，你……」

「算了，都怪我不好，大家才會上當。」

夢斗認真地看著陽平說。

「事情會變成這樣，真的很遺憾，陽平。」

「……是很遺憾，所以我會祈禱，希望你們不會受到懲罰。老實說，要是因為我而害你們受罰，我也會感到過意不去。不過說不定有人點數比你們低，你們還是有活命的機會。」

「的確，我們是還有機會。」

「那麼，我要回我同伴那邊了。謝謝你幫我擋住了時貞，我這個人很討厭挨打呢。」

說完，陽平揮揮手，走出了電腦教室。

「哈……哈哈，組什麼陣營，根本沒有用。」

時貞發出乾澀的笑聲，癱坐在椅子上。

「到頭來，我只找到一張卡片，看來是凶多吉少了。」

他看著手裡的黑桃5卡片，嘆著氣說。

「只有5的話，機會的確不大……」

「我只有4呢。」

風香臉色蒼白地說。

「陽平計算錯了，會受罰的只有我和時貞。夢斗、星也，還有由那，你們手上的卡片點數都是16，所以不會受罰。」

「是啊。規定要有3個人受罰，不知道剩下的那個倒楣鬼是誰呢？」

「不管是誰，我都懶得管了。」

夢斗緊閉著嘴唇，走到坐在椅子上唉聲嘆氣的時貞和風香面前。

「對不起，風香、時貞。」

「對不起？為什麼你要向我們道歉？」

風香慢條斯理地抬起臉說。

「背叛我們的是陽平，又不是你。」

「可是分配卡片的人是我。而且，當初是陽平推舉我當隊長的。」

「是啊，天真過頭的隊長。不過話說回來，我們也沒好到哪裡去。」

風香拿著卡片的手，微微地顫抖著。

「難不成，你這個隊長要負起責任嗎？」

「嗯，我會負責的。」

夢斗把他手上的方塊9，放在風香的手中。

「咦……」

風香的眼睛連續眨了好幾下，楞楞地看著手中的卡片。

「這、這是什麼？」

「什麼？當然是撲克牌的卡片啊。對了，另外這張給時貞。」

夢斗把剩下的黑桃6和梅花1交給時貞。呆若木雞的時貞收下卡片後，臉上的表情起了變化。

「喂，你這是在做什麼？」

「還用問嗎？我把自己的卡片送給你和風香啊。」

「不，可是你……」

「這麼一來，風香是13點，時貞是12點，這樣你們就有可能不會受罰了。」

「可是這樣，你自己不是0點了嗎？」

時貞的怒聲在教室中迴響。

「你不想活了嗎？」

「不，我就是想活，所以才把卡片送你們。」

「我不懂你的意思。你自己拿了總分16點的卡片，百分之百不會受到懲罰，為什麼現在卻要把卡片送給我們？」

「一切都是為了以後著想。」

夢斗冷靜地回答。

「我想，下次的命令應該也是要靠團隊合作才能過關。到時候，要是我們陣營少了時貞和風香，情況一定會很不利。」

「下次的命令？你現在連一張卡片也沒有，要怎麼達成這次的命令？」

「剩下的時間還有30分鐘以上。」

夢斗轉向由那和星也。

「我希望由那和星也能幫忙找到最後一刻。時貞和風香也要盡量找，最好能累積到16點。」

「你以為30分鐘就能找到卡片嗎？」

「只要認真找，還是有機會的。」

「……你這個人真的很傻。」

時貞不可置信地低頭看著夢斗。

「你真的不要我把卡片還你嗎？」

「嗯。那張卡片已經是你的了，我不能把它搶回來。」

「好。那麼，我們會在剩下的30分鐘內，拼命幫你找卡片的。」

說完，時貞毫不遲疑地往門的方向跑去。

「等一下，我也一起去！」

風香從椅子上站起來，走到夢斗的面前。

「夢斗，我先不說謝謝。因為沒有那個時間了。」

說完，風香也往門的方向跑去，由那緊跟在後。

留下來的星也來到夢斗的面前。

「為什麼……為什麼你要把卡片送給時貞？」

「原因我剛才已經說了。伙伴越多，在下次的命令越有利。」

「可是，你那麼做實在是太亂來了。」

星也的聲音越說越大。

「難道你不怕死嗎？」

「當然怕啊。」

一想到之前手裡還握著卡片的感覺，夢斗的手指動了一下。

「可是，我更不希望因為我的疏忽，害時貞和風香受罰而死。沒有事先檢查陽平的卡片是我的失誤。」

「難道，你把班上同學的生命看得比自己的還重要？」

「也不是全班都這樣，我只是很在乎同伴的生命。」

「同伴？」

「嗯。你們願意接納我這個轉學生當你們的同伴，我真的很高興。」

夢斗微笑地說。

「我在想，說不定……我們可以成為好朋友呢。」

「好朋友……」

「我以前的朋友，幾乎都在上次的國王遊戲中死了。雖然朋友是無可取代的，但是我很想認識新的朋友。」

「認識……新的朋友？」

「當然，我也想和星也你當好朋友啊。」

「我沒有那個資格。」

星也避開了夢斗的視線。

「我……背叛了夢斗……和大家。」

「背叛？怎麼說？」

「因為……」

星也從口袋裡掏出撲克牌卡片。夢斗看到那張卡片的瞬間，眼睛頓時睜大。

「黑桃8？你怎麼會有這張？剛才分配卡片的時候並沒有這張啊。」

「……這是我在加入陣營之前就找到的。」

星也的表情似乎正在承受內心煎熬般地扭曲著。

「當時我還不太信任你。我懷疑你跟誠一郎他們一樣，只是想要利用我而已。」

「所以，你把卡片藏起來是嗎……？」

「我是卑鄙小人。當時的我，心想要是到時候無法收集到足夠的卡片，至少可以救我自己。」

「我瞭解你的心情，因為我也不想死。」

「可是，你卻願意為了伙伴犧牲自己的性命。」

星也把梅花12的卡片交給夢斗。

「雖然晚了點，可是我希望你能收下。」

「12點？可是這樣的話，你就不到16點了啊。」

「嗯。我現在是黑桃8和方塊4，跟你和時貞一樣，都是12點。」

「只有12點的話，有可能會受懲罰啊。」

「沒關係。除非跟你們處在同樣的立場，否則我無法原諒自己。」

「……謝謝你，星也。」

夢斗向星也低頭致謝。

「這麼一來，我活下去的可能性提高了。」

「你願意原諒我嗎？」

「我沒有資格談原諒。現在最重要的是繼續找卡片！盡量多爭取生存的機會！」

夢斗用力拍了一下星也的肩膀這麼說。

命令5

【11月2日（星期二）中午11點55分】

夢斗打開教職員辦公室旁邊會議室的門，就看到中央擺著一張長型的桌子，牆角處堆了幾個紙箱。原本應該放在紙箱裡的測驗卷和資料散落一地，大概是有人來這裡找過了吧。

夢斗把紙箱搬到長桌上，將裡面一捆一捆的紙卷拿出來。

——真是的，每個地方都有人來找過。不過，應該還有幾張沒被找出來才對。就算時間快到了，還是不能放棄。一定要想辦法多累積點數才行。

夢斗把測驗卷放在桌面攤開時，突然聽到背後傳來微小的聲響。轉過頭看，2名女學生就站在門口那裡。

「花音、理子……」

夢斗嘴裡低聲唸出那兩個女生的名字。

「你在找卡片嗎？」

「嗯……」

臉色蒼白花音朝夢斗走過來。

「我們沒有分到卡片。」

「沒有分到？我記得妳們兩個是誠一郎陣營的人，大家不是可以均分卡片嗎？」

「那個陣營根本分配不公。」

「分配不公？」

「是啊。他們分配的方式是按照順序，誠一郎是1號，蒼太是2號，然後是佐登志和洋二。除非誠一郎拿到16分以上，否則我們一張也分不到。」

花音疲憊地笑了。

「夢斗，你們那個陣營是公平分配吧？」

「是啊。是有遇到一些困難，不過還是盡量讓每個人拿到同樣的點數。」

「我們選錯陣營了，早知道就應該加入你的陣營……」

「……這也很難說。」

夢斗搖搖頭。

「我們陣營還沒達到安全的點數呢。」

「可是，你手上不是拿著卡片嗎？」

「是啊，可是還沒收集到16點。」

「是嗎……」

花音壓低聲音說。

「那個……夢斗。」

「嗯？什麼事？」

瞬間，花音伸出右手，碰了一下夢斗的肚子。夢斗感覺到一陣刺痛，趕緊用手去摸。這才驚覺身上的白色上衣被劃破，手上也沾了血跡。

「花音，妳……」

「對不起了。」

花音手裡握著一把美工刀，逼近夢斗。她的眼睛布滿血絲，半張開的嘴發出嘶啞的聲音。

「我、我必須殺了你才行，夢斗。」

「殺我？……可是，規定不能用搶的啊。」

「我不會搶你的卡片。」

「既然這樣，為什麼還要殺我？」

「這是我的使命。」

花音看了一眼在站在她背後的理子。理子的臉就像戴著能劇的面具一樣，毫無表情地站在門口。

「這是為了更有效率取得卡片的策略。」

「策略？」

「沒錯。由我動手殺你，再由理子從你的屍體上拿走卡片。這麼一來，我們就沒有人會受罰了。」

花音的嘴像裂開一樣地往兩邊擴張。

「怎麼樣？這個策略很妙吧。只要輪流這麼做，很快就可以收集到卡片了。」

「為了拿到卡片，妳們居然連同學也敢殺？」

「我也不喜歡殺人，可是沒有其他辦法可想了……不管是誰，我都照樣殺。」

說完，花音的右手舉起美工刀，在空中一劃，夢斗額頭的前髮瞬間嘩啦嘩啦地飄落。

「夢斗，乖乖地別亂動，這樣才不會更痛。」

花音的身體搖搖晃晃的，手上的美工刀喀噠喀噠地伸長。

「刀片太長很容易折斷。我想，這樣的長度應該可以切斷頸動脈吧。」

夢斗緊緊貼在牆上，背後被汗水浸濕。

花音的雙手左右攤開，阻擋了夢斗的去路。

「不要再躲了，夢斗。我們還得去殺別人呢……」

話說到一半，花音的聲音突然中斷。

「……」

「花音……？」

夢斗呼喚對方的名字，但是並沒有得到回應。只見花音兩眼大開，跟皮膚幾乎同樣顏色的嘴唇不停地抽搐。下一秒，大量鮮血從她的眼窩和嘴巴流出。

「嘎……咳噗……」

花音發出像是溺水時的吃水聲，身上的制服一下子就被染成了紅色。

夢斗臉色發白地看著花音。花音的臉沾滿了濕黏的鮮血，手腳像是被潑了紅漆般血腥。

「嘎嘎……」

花音跪在地上，身體往前撲倒。啪颯一聲，地上堆積的血水往四周飛濺。

「是國王遊戲的懲罰……已經過24小時了嗎？」

夢斗往四周看去，站在門口的理子也倒在血泊中。從地上的大量血水看來，應該是凶多吉少了。

「我得救了嗎？」

夢斗手上拿的那張卡片，是星也送給他的梅花12。雖然這個點數還是有受懲罰的風險，不過應該有人點數比他更低。

「除了花音和理子之外，另外還有一個人受到懲罰吧？」

夢斗看著眼前倒在地上的花音。大概是因為身體流出大量的血，整個人縮水了許多。沾滿鮮血的四肢就像老人的皮膚一樣乾癟。由於現場的血腥味實在太重了，夢斗忍不住摀著嘴，跑出會議室。

「夢斗！」

風香叫住夢斗，朝他跑了過來。

「你還活著真是太好了！」

風香紅著眼眶，握著夢斗的手說。

「我們全部的人都活下來了。」

「全部？這麼說，時貞和星也活下來了嗎？」

風香微笑地點頭回應。

「他們兩個也在找你呢。」

「太好了，我們都得救了。」

「嗯。好像有人的點數少於12點，不過不知道是誰。」

「是花音和理子。」

夢斗看了一眼會議室的門說。

「另一個是誰我不知道，不過我確定花音和理子是受到懲罰而死的。」

「花音和理子？我記得她們不是加入誠一郎的陣營了嗎？」

「聽說，那個陣營的卡片分配不公，所以她們兩個一張也沒拿到。」

「……真是太傻了，怎麼能相信誠一郎那幫人呢。」

風香低聲喃喃自語著。

「不過，正因為她們兩個受罰，所以我們才能全部活下來。」

「就是啊。自己和伙伴能夠倖存，真是太令人高興了。」

「令人高興？是啊，我也有這種感覺。雖然我不討厭花音和理子，可是自己的命還是比較重要。而且，看到同陣營的夢斗和其他伙伴都活下來，我真的很開心。」

「也許，人就是這樣吧。」

夢斗的左手摀著肚子，緊咬嘴唇。

——沒有人想要殺自己的同學。可是在這種情況下，我們也沒有別的選擇，非得決定要救哪些同學、放棄哪些同學才行！

「夢斗，你受傷了嗎？」

看到夢斗的上衣沾了鮮血，風香擔心得臉色發白。

「不是很嚴重的傷，只是被美工刀割傷而已。」

「那怎麼行呢？快到保健室吧。」
風香抓起夢斗手腕的同時，簡訊的鈴聲響了。兩人的身體都楞了一下。
「是新的命令嗎？」
夢斗從口袋裡拿出智慧型手機，打開螢幕。
【11／2星期二12：00　寄件者：國王　主旨：國王遊戲　本文：這是赤池山高中2年A班全班同學和級任老師岩本和幸強制參加的國王遊戲。國王的命令絕對要在時限內達成。※不允許中途棄權。※命令5：執行X。每位同學的簡訊中會出現一個與X有關的提示字。提示：ふ（fu）　END】
「執行X……？這次的命令，是要我們找出命令的內容嗎？」
夢斗盯著手機的螢幕，動也不動。
——而且，我收到的提示字是『ふ（fu）』，只有這樣根本無從猜起……。
「風香，妳的提示是什麼？」
「我是『ち（chi）』。」
「夢斗你的呢？」
風香回答，視線繼續停留在手機螢幕上。
「我的是『ふ（fu）』。」
「『ふ（fu）』和『ち（chi）』？只有這兩個字，可以猜出X是什麼意思嗎？」
「還是先和由那他們會合要緊。這麼一來，至少可以多知道3個字。」

「好，不過在此之前……」

風香挺直了腰身，對夢斗深深地低頭鞠躬。

「謝謝你。因為有你送的那張卡片，我才能活下來。」

「我說過了，那麼做也是為了我自己啊。人數越多，也比較容易達成命令。」

「雖然我並不這麼認為，但是不管怎麼說，你終究救了我一命，這是不會改變的。我真不知道該怎麼報答你才好。」

「我才不要什麼報答。」

「那可不行。只不過在目前這種情況下，我只能用配給品報答你了。」

「好吧，那就把今晚的點心分給我吃好了。我喜歡吃甜點。」

聽到夢斗這麼說，風香嗤嗤地笑了。

「你這個人的慾望好簡單喔，我還以為你會要求我跟你上床呢。」

「上、上床……？」

夢斗的臉瞬間紅得發燙。

「我怎麼可能會提出這種離譜的要求！」

「哈哈哈，開玩笑的啦。我知道，你和由那的感情好像還不錯。」

「不是的！不管對方是誰，我都不會要求上床。」

「喔，是這樣嗎？我還以為你喜歡由那呢。」

「都什麼時候了，誰還有心情去想什麼男女之情。再說，我認識妳和由那還不到一星期，怎麼可能產生戀愛的感覺。」

「喔——這樣啊。」

風香的眼睛往上偷瞄夢斗的臉。

「也對，先不談戀愛，還是和大家會合比較要緊。啊、在此之前要先去保健室。」

風香抓起夢斗的右手跑了起來。

【11月2日（星期二）中午12點41分】

「由那是『い（i）』、星也是『の（no）』、時貞是『ろ（ro）』……」

夢斗坐在保健室的床上，把大家拿到的提示字寫在學生手冊上。

「我和風香是『ち（chi）』和『ふ（fu）』，這樣我們就收集到5個字了。」

「可是光靠這幾個字，恐怕猜不出是什麼意思吧。」

由那一面排列提示字，一面喃喃自語地沉吟。

「提示的字數有22個字吧？」

「應該是，因為剩下的倖存者只有22個人。」

「那麼，還差17個字……」

「喂，夢斗，你打算怎麼辦？」

時貞粗厚的雙眉皺了起來。

「在還沒搞懂X的意思之前，我們什麼都不能做。」

「我知道，所以必須盡快收集更多的提示才行。」

「說得倒簡單，其他的陣營也在跟我們競爭耶。不過如果是岩本老師，應該會告訴我們才對。」

「的確，我想其他陣營的人應該不會輕易透露他們的提示。因為X的內容有可能是要我們彼此競爭。」

夢斗握著拳，在嘴唇上輕輕地點著，下巴也微微收起。

「……可是，其他陣營的人只靠自己手上的提示，應該也猜不出X是什麼才對。呃……奈留美的陣營多了陽平加入之後，就有5個人了。而誠一郎的陣營是4個人，班長的陣營是8個人，另外還有岩本老師。不過，這些人之中應該有一個人在上個命令中死去了。」

「花音和理子，還有另外一個……既然我們陣營的人都活著，就表示死的是其他陣營的人。」

「是添田愛。」

突然，教室的門被打開，押井武走了進來。武是將棋社，也是班長陣營的一員，身材比夢斗要高幾公分，手腳細長。他一面摸著中分的頭髮，一面朝夢斗他們走來。

「在上一個命令中，另一個受到懲罰的是我們陣營的愛。她就死在我面前，錯不了的。」

「愛……」

「你大概沒跟她說過話吧，因為她那個人很內向。」

「為什麼愛會死呢？」

「是自殺。」

武用低沉的聲音回答。

「我們原本要平均分配卡片，可是愛拒絕了，她表示不想再玩國王遊戲。」

「所以，就自殺了嗎？」

「愛說為了我們，願意接受國王遊戲的懲罰而死。」

「原來如此……在國王遊戲的懲罰之前自殺的話，就會有其他同學死去了。」

夢斗放在膝蓋上的手，不自覺地用力握緊。

——愛因為無法忍受國王遊戲，所以選擇自殺這條路。她犧牲自己的生命，救了班上的同學。

夢斗想起，之前愛看到班上同學受到國王遊戲的懲罰時，嚇得全身發抖的樣子。

——的確，只要自殺，就能從國王遊戲中解脫，永遠逃離這個地獄，再也不需要跟班上同學殺得你死我活。

這個想法讓夢斗的體溫開始上升，感覺好像被某個人包覆著一樣。

夢斗猛然搖頭，想要揮去這樣的念頭。

「……武，你來這裡做什麼？」

「班長說，想要跟你們見面。」

「英行？」

「嗯，詳細情形見面之後他會跟你們說。先到3年A班的教室來吧。」

「3年級的教室？」

「嗯，那裡是我們陣營的集合場所，剛好就在保健室的上方。」

武伸出食指，指著天花板。

【11月2日（星期二）下午1點12分】

3年A班的教室裡有6名學生，班長英行、副班長美樹，還有陽菜子、陽子、未玖與櫻。他們聚在一起，坐在靠窗戶那一排的椅子上。

「你們終於來啦。」

英行從位置上站起，朝夢斗他們走來。

「要不要先喝茶？配給的瓶裝茶。」

「不用了。說吧，找我們有什麼事？」

「好吧，那麼我就開門見山地說了。我們把彼此的提示給對方看，如何？」

「果然是這件事。」

「你早就猜到啦？那就更好談了。」

英行來回看著站在夢斗背後的由那他們。

「你們的陣營有5個人，所以應該有5個提示字。只要你們把那5個提示字告訴我們，我們也會說出5個提示字。」

「5個……？英行，你們不是有7個嗎？」

「是的。不過，在確定X的內容之前，我們不會把剩下2個告訴其他陣營。」

英行直截了當地回答。

「保護同陣營的伙伴，是我的第一優先考量。為了這個目的，就算必須犧牲其他陣營的同學，也在所不惜。」

「大家都是這麼想的。我也跟你一樣，會把自己的伙伴列為優先考量的對象。」

聽到夢斗這麼說，英行不禁苦笑。

「為了讓自己人得救，有時候就是非得犧牲其他同學不可。國王遊戲簡直是惡魔遊戲啊。」

「不過，命令的內容好像是人想出來的。」

「嗯嗯，大概是宗介吧。真讓人想不透，為什麼他要這麼做。」

「你不認為，國王可能是宗介以外的其他人嗎？」

「……如果是那樣的話，為什麼宗介會無緣無故失蹤呢？」

「也許他知道國王是誰，所以被監禁起來了……」

「或者，已經遭人滅口了，對吧……因為與其關起來，還不如殺了，反正不會被發現。」

英行皺著眉頭說。

「難道，除了宗介以外，還有別的嫌犯……」

「蒼太也認為，宗介應該不是國王。」

「蒼太？」

「嗯，他懷疑國王可能是女生。」

夢斗的眼睛移向站在英行背後的女生。副班長美樹頓時臉色大變。

「你想說我們是國王嗎？別開玩笑了！我倒覺得你們的嫌疑才重大呢。」

「我們嫌疑重大？」

「沒錯。如果宗介不是國王，而是潛伏在我們之中的同學，那麼，你們陣營的人可能性最高。」

美樹帶著挑釁的眼神瞪著夢斗。

「你們想替遭到霸凌的智輝報仇。而且，智輝生前並沒有參加任何陣營。」

「就因為我們之前沒加入陣營，所以妳就懷疑我們？」

時貞走到前面來，和夢斗並肩站在一起。

「我之所以沒有加入陣營，是因為對那種搞小圈圈的交友方式沒興趣。再說，我跟智輝之間並沒有任何關聯。」

「也就是說，對時貞你而言，班上同學是可有可無的存在對吧？」

「嗄？我什麼時候這麼說了！」

「而且，你好像對社會有很大的不滿，抱怨說你父親的工廠快倒了。」

「那、那是因為……」

「不過，比起時貞你，星也的嫌疑更大，奈留美也在懷疑是星也。你們在校外見過面吧？」

「那是碰巧遇到好不好！」

星也焦急地解釋。

「是嗎？星也對電腦很在行，又愛打電玩，很像是會玩國王遊戲的那種人。由那也有嫌疑，因為妳平常最袒護智輝。」

美樹看了一眼由那後，轉而看向風香。

「風香也很詭異。不但缺乏協調性，還有攻擊性。但是不管怎麼說，我認為最有嫌疑的，還是剛轉來的夢斗。」

「我？」

夢斗驚訝地張著大嘴，說不出話。

「為什麼我可能是國王，我又不認識智輝。」

「誰知道。也許你們小時候認識彼此。」

「……妳是真的這麼想嗎？」

「當然，雖然大家都認為剛轉學來的夢斗不可能是國王，可是大家都忽略了一件非常關鍵的事。」

「非常關鍵的事？」

「就是夢斗一轉來我們班，國王遊戲就開始了。」

這句話讓教室裡頓時變得一片鴉雀無聲。

「現在大家都明白，為什麼夢斗的陣營嫌疑最重大了吧。」

「不要再說了，美樹。」

英行舉起右手，制止美樹繼續說下去。

「在這種情況下，每個人都有嫌疑。可是目前最重要的，還是和夢斗他們交換情報。」

「英行，你是說真的嗎？」

「是的。因為光靠我們自己實在很難猜到X的內容，所以非得和其他陣營交換情報不可。」

「可是！」

「難道妳以為，奈留美和誠一郎他們就能相信嗎？」

「這……」

英行把手搭在無言以對的美樹肩膀上。

「總之，就這麼決定了。這個陣營的隊長是我。」

英行轉而看向夢斗。

「夢斗，你願意跟我們合作嗎？」

聽到英行的提議，夢斗陣營的成員們互相看著彼此。

【11月2日（星期二）下午1點55分】

在電腦教室裡，夢斗和伙伴們聚精會神地看著寫有提示字的筆記本。

「我們的提示是『い（i）』『の（no）』『ろ（ro）』『ち（chi）』『ふ（fu）』，英行他們的提示是『あ（a）』『に（ni）』『う（u）』『れ（re）』『ま（ma）』，從這幾個字可以猜出什麼嗎？」

對於夢斗提出的問題，風香不禁發出哀嘆。

「我投降。我對猜字遊戲最不拿手了。」

「怎麼能投降呢？風香。再怎麼不拿手，也要盡力去猜才行。」

時貞搔著自己的一頭亂髮，緊盯著筆記本說。

「發音跟愛、血、浴室、馬、町、命很接近……難道是，要我們『前往山下的小鎮』？」

「可是，如果是這個意思，字數也太少了吧。」

由那屈指數了一下這麼說。

「總共有22個字，所以，也許應該朝『去做什麼事情』的方向想才對。」

「傷腦筋。看來，要是沒收集到剩下的12個提示字，根本無法確定是什麼。」

「可是，其他陣營會老實告訴我們嗎？而且，如果X的內容是要我們去搶什麼的話，豈不是很危險？」

「搶……？打架的話，我倒是很在行。」

「時貞，你很會打架嗎？」

夢斗問時貞。

「嗯，班上的同學大概都以為誠一郎很會打架，其實我比他還厲害。不如，我去把誠一郎痛扁一頓，逼他交出提示字吧。」

「不行，那樣做太危險了。」

「危險？」

「嗯，就算跟國王的命令無關，可是那麼做很可能會加深同學之間的衝突。而且命令的內容，也有可能需要和誠一郎他們合作啊。」

夢斗用手指著筆記本上面的文字。

「雖然我對誠一郎那幫人沒什麼好感，可是也不希望他們死去。其他陣營的人也一樣。」

「……說得也是，我是很想要教訓他們一頓，不過還不至於想置他們於死地。但是對方是怎麼想的，可就難說囉。」

「是啊，我們還是要小心提防才行。」

夢斗的腦海裡，浮現出誠一郎陣營的幾名成員。誠一郎是以自我為中心的人，很可能會為了自己活命而犧牲同學。佐登志的話，他曾說過要殺了夢斗，洋二似乎也贊成他的建議。蒼太則是對於被捲入國王遊戲這件事，感到莫名的興奮。對於這點，夢斗實在是無法理解。

——說不定，國王是……。

「喂，夢斗。」

正在打電腦的星也開口說話了。

「說不定，我猜到其中一個詞了。」

星也此話一出，夢斗和其他人都趕緊聚集到星也身邊。

「猜中一個詞了？是什麼？」

「因為是命令句，所以應該有『去做什麼』的意思，於是我把那些提示字排列組合了一下，得到一個很有可能的詞。」

夢斗指著電腦螢幕，上面顯示一個電子試算表的畫面，裡面羅列出幾百種可能的排列組合。其中之一是『去摸』。」

「『去摸』的確是命令句沒錯。」

「當然，命令句還有很多種……」

「不，我覺得這個詞的可能性非常高。你還有發現其他的詞嗎？」

「我再嘗試不同的組合看看，你們等一下。」

星也熟練地操作著電腦。夢斗坐在旁邊的位置，看著他用盲打的方式敲著鍵盤。

「星也，你對電腦那麼在行，能不能設計出讓奈米女王失效的程式？」

「不可能的。」

星也深深地嘆了一口氣。

「我是很喜歡玩電腦，可是對程式設計方面一竅不通。我只會玩網路遊戲、看影片，或是上網聊天而已。」

「那麼，我們班上還有比星也更懂電腦的人嗎？」

「嗯，有電腦的人是很多，可是懂電腦的人很少。畢竟，一般人並不需要寫程式，只要會使用程式就行了。」

「這麼說的話，並不是每個人都可以操作奈米女王了？」

「可以這麼說。如果只是輸入指令的話，連小學生也會。等等，你會這麼問，是不是你也認為，國王並不是宗介？夢斗。」

「我是覺得，不能排除這種可能性。」

夢斗一面回答，一面專注地看著電腦螢幕。

「蒼太不是也懷疑國王可能是女生嗎？美樹還反過來懷疑我們呢。」

「如果國王是我們其中之一的話，難道他不怕自己會賠上性命嗎？全班都感染了凱爾德病毒，隨時都有可能受到懲罰而死耶。像之前投票的命令，還有鬼抓人的命令那樣。」

「也許那個人很有自信，自己絕對不會受罰吧。」

「如果是這樣，有沒有可能是班長英行或奈留美的陣營呢？之前，英行連一個負分都沒有，而奈留美雖然我行我素，人氣卻還是居高不下。啊、還有誠一郎。明明討厭他的人有一大票，可是投票時的加分規定對他有利，所以陣營領導人受罰的機率比較低。」

「我認為不是誠一郎，他的個性不像是會進行國王遊戲的那種人。而且，遊戲的目的是要替智輝報仇，所以霸凌智輝的主嫌誠一郎是國王的可能性就更低了。」

「夢斗、星也。」

由那打斷了夢斗和星也的談話。

「先不要討論國王是誰了，當前最重要的是解開X的意思啊。」

「啊、對喔。我們得再多收集一點情報才行……」

這時候，電腦教室的門突然打開，陽平走了進來。

「嗨，情況還順利嗎？」

看到陽平走過來，夢斗趕緊把電腦螢幕關掉。

「陽平，你來這裡做什麼？」

「做什麼？當然是來道賀啊。你們能夠平安通過撲克牌那關，真是太好了。」

陽平瞇起眼睛，嘴角上揚地說。

「沒想到結局會變成這樣，我之前從你們那裡騙來的卡片，變得一點意義也沒有了。對了，聽說花音和理子連一張卡片也沒拿到，愛也自殺了是嗎？」

「……你這個人消息挺靈通的嘛。」

「這些芝麻小事難不倒我的。倒是這次要收集X的情報，一直很不順利呢。」

「你活該。」

時貞握緊拳頭，瞪著陽平說。

「話說回來，你怎麼還有臉跑來這裡，叛徒。」

「叛徒？我就知道你們會這麼想，所以我才會退出你們的陣營。」

陽平聳聳肩，眼睛來回看著夢斗他們。

「我這個人為了活命，什麼手段都使得出來。反正，國王的命令也會讓我們殺個你死我活。」

「你……」

「等等，我不是來找你們吵架的，夢斗！」

陽平叫了夢斗的名字。

「奈留美要我傳話給你。」

「傳話？」

「是啊，她想問你，可不可以彼此交換一個提示字。」

「就一個字……？」

夢斗從椅子上站起來，看著眼前的陽平。

「只交換一個字，未免太沒有合作的誠意了吧。」

「那是因為，X的內容也許需要代罪羔羊。」

「你是指我們嗎？」

「不一定是你們，也有可能是其他陣營。我們參加的可是死亡遊戲，為了活命犧牲別人的生命，有什麼不對？」

陽平就像個在眾人面前演講的政客一樣，肢體動作非常豐富。

「只不過，能互相幫助的時候就應該互相幫助不是嗎？X的命令內容，也有可能不會死人啊。」

「說得也是。」

「大家互相幫忙吧。一旦確定X的命令有可能不需要死人的話，我們保證會把內容告訴你們。」

「……」

「喂，還在考慮什麼？真是拿你們沒辦法。」

陽平從口袋裡掏出智慧型手機，把螢幕秀給夢斗看，上面顯示著國王的命令，最後的提示字是『げ（ge）』。

「げ（ge）……？」

「嗯。這個提示很有幫助吧？げ（ge）這個字也許和鞋櫃、園藝社有關。」

「你何必說這麼多呢？」

「我知道自己做了對不起你們的事，所以算是謝罪吧。好了，輪到你們告訴我啦。」

「……好吧。」

夢斗的視線看著陽平手上拿的智慧型手機。

「告訴你是可以，可是在此之前，我有個要求。」

「喔？什麼要求？想和奈留美來個一夜情嗎？如果是的話，我可以去跟她說喔。」

「不，我想借你的手機。」

「咦？借我的手機？」

剛才還笑著的陽平立刻收起了笑容。

「你自己不是有嗎？為什麼突然說要借我的手機。」

「嗯，我懷疑那則簡訊的真偽。」

「懷疑？還不就是大家都有收到的國王簡訊嗎？除了最後的提示字之外，內容都一樣啦。」

「可是，最後的提示字可以修改對吧？」

夢斗鎮定地說。

「我懷疑，你是不是先複製了國王簡訊的內容，修改最後的提示字，再呈現在螢幕上。」

「……嗄、嗄？你懷疑我會做這種事嗎！」

「誰叫你有前科。借我看看應該沒關係吧？」

「不行，這是侵犯個人隱私。有些簡訊我不想讓別人看到。」

「比起隱私，生命不是更重要嗎？」

夢斗才伸出手，陽平便迅速地把手機放回口袋裡。

「哼！我以為你會上當呢。」

「我就知道，那個提示字果然是騙人的。」

「沒錯，『げ（ge）』是我改寫的。我以為這樣，可以把你們耍得團團轉。」

聽到陽平的話，風香怒氣沖沖地走過去，先是狠狠地瞪他，接著朝他的臉頰用力甩了一巴掌。

「啪」的清脆響聲在房間裡迴盪著。

「請你離開這裡，現在這間教室是我們陣營在使用！」

「……好痛！幹嘛打那麼用力啊！」

「賞你一巴掌算是對你很客氣了！你還敢抱怨！」

「這麼說也沒錯啦。」

陽平摀著臉頰，看著夢斗。

「話說回來，你們真的長大了，夢斗。」

「託你的福。是你教會我們，做人不能太天真，否則可能會賠上性命。」

「哈哈，說得沒錯。希望我們每個人都能平安活著。這可是我的肺腑之言喔。」

話一說完，陽平便走出了電腦教室。

「那傢伙實在很差勁。」

風香標緻的雙眉向上揚起，咋了一聲。

「幸好夢斗夠機警，否則我們真的會被那個假提示字耍得團團轉呢。」

「那樣就中計了。」

夢斗重新打開電腦螢幕的電源。

「他們想要利用魚目混珠的方式，讓自己的陣營取得先機，真不知道是誰想出來的歪主意。總之，絕對不能相信奈留美的陣營。」

「其他的陣營也一樣不能相信。」

「嗯，還是得等到解開X的謎題後，再決定要不要跟他們合作。」

「可是，光靠我們現有的提示字，怎麼解開呢。」

風香偷瞧著電腦螢幕。

「就算星也猜對了那個詞，可是光知道『去摸』也不能做什麼啊。」

「所以，我打算去找岩本老師，請他告訴我們提示字。」

「啊、對喔！岩本老一定會告訴我們的。我相信老師。」

「嗯。我想其他陣營應該也會跑去向老師求救才對。」

夢斗的腦海浮現出岩本那張憔悴的面容。

——岩本老師可能會從其他陣營那裡問到提示字，要是他願意告訴我們，也許就能解開X的意思了。

「好！我們去找岩本老師問提示字。至少可以問出一個字吧。」

對於夢斗的提議，在場所有人全都點頭贊同。

【11月2日（星期二）晚間7點15分】

「岩本老師應該也不在這裡吧……」

打開社團大樓其中一間教室的門，夢斗忍不住嘆了口氣。那個房間大概是美術社團的辦公室吧，牆上掛了好幾幅完成的圖畫，空氣中也瀰漫著濃濃的顏料味。

走進室內，夢斗用手指在布滿塵埃的桌面上畫了一條線。

「美術社已經很久沒有活動了吧？」

抬起頭便看到窗外的教室大樓。教室的窗戶透著光，可以看到有人正在裡面活動。

「希望其他人能夠找到岩本老師……」

正在喃喃自語的時候，走廊那邊傳來說話的聲音。夢斗悄悄地移到走廊，窺視究竟。聲音是從更裡面的教室傳出來的，夢斗繼續往前靠近，這才聽出是鈴木若葉和熊谷佐登志兩人在對話。夢斗把門打開一條縫，偷看裡面的情況。

2人交談的內容傳進夢斗的耳裡。

「若葉，妳就答應嘛。」

「不行！我必須回去奈留美那裡才行！」

「我想奈留美偶爾也需要一個人獨處吧。」

佐登志的嘴角笑笑的，把手搭在倚著牆的若葉肩膀上。若葉忍不住全身發抖。

「妳應該知道我的心意吧？我暗戀妳好久了耶。」

「啊……嗯。可是，我還沒想過要談戀愛……」

「我就喜歡妳這樣。外表看起來像小女孩，不知道裡面是不是也一樣。」

佐登志一面用舌尖舔舐上唇，一面低頭盯著若葉。那眼神活像是一頭把獵物逼到死角的肉食獸。

「這就是妳的魅力所在。雙馬尾真的很可愛呢。」

佐登志的右手隔著制服，貼在若葉單薄的胸部上。

「不要！住、住手！」

若葉試圖反抗。佐登志卻彷彿要把她的人包住似的，身體緊緊地貼著。佐登志的右手從胸部往下滑到若葉的大腿，然後伸進格子裙裡。

「不要！」

若葉發出哀鳴，一把將佐登志推開。佐登志的身體頓時失去重心，跌坐在地上。

「……妳、妳這是在做什麼！」

佐登志臉色大變，眉毛往上豎起，眼神燃燒著怒火。

「誠一郎陣營和奈留美陣營已經決定要聯手了，妳怎麼還想反抗我？」

「可是我真的沒辦法！這種事情，必須和自己喜歡的人一起……」

「閉嘴！乖乖照我的話做！」

佐登志的右手，把身旁的一張椅子用力推開。椅子撞到牆壁，發出巨大的聲響。

「……把衣服脫掉！」

「嗄……？」

「妳要我說幾次！我叫妳把衣服脫掉！」

佐登志從口袋裡掏出一把折疊刀，刀尖對著若葉。

「不脫的話，我現在就把妳殺了。反正在國王遊戲裡殺人是不會被判刑的。」

「啊……」

若葉臉色發白，兩腿不停地顫抖。看到如驚弓之鳥的若葉，佐登志又笑了。他拿著刀，不斷地逼近。

「妳明白自己的處境了吧。來，乖乖聽話。還是，妳喜歡我用刀子割破妳的衣服？」

「啊！」

看到若葉被嚇得驚恐不已，夢斗忍不住開門進去。

「夠了，不准你再威脅若葉，佐登志！」

佐登志楞了一下。他弓起背，緩緩地轉過身。

「……是你啊，轉學生。」

佐登志拿刀的那隻手垂盪著。

「偷窺是很糟糕的癖好喔。」

「至少比你好多了。跟喜歡的女生告白，應該要保持風度。你這樣會嚇到若葉的！」

「你這傢伙懂什麼！」

「這種事大家都懂！你現在的行為，已經犯法了。」

「少管閒事……」

佐登志壓低聲音，眼睛因為充血而通紅。

「我……非殺了你不可。」

佐登志側著頭，嘴唇像弦月般勾起。看到幡然變臉的佐登志，夢斗不由得感到顫慄。這傢伙根本是雙重人格。

「佐登志，我們現在還是不要吵比較好。」

「太遲了，我已經決定要殺掉你啦。」

「不、我的意思是，你沒有時間跟我吵了。」

夢斗把右手放進褲袋裡，沿著牆壁移動到角落。

「剛才我在走廊時，已經先傳簡訊給我的陣營，他們很快就會趕來了。」

「嗄？」

佐登志手拿著刀，停下了動作，眼睛盯著夢斗放在褲袋裡的右手。

「你那隻手拿著什麼？」

「不是什麼了不起的武器，我想應該贏不了你那把刀子。」

「……我看，根本就沒有武器吧。」

「試試看就知道了。可是時間拖得越久，情況對你越不利。除非你有自信可以打贏時貞。」

聽到時貞的名字，佐登志頓時收起臉上的怒氣。刀口依然對著夢斗，人卻一步步往後退。

「算了。我也懶得在這時候跟你翻臉，反正你們遲早會死於國王遊戲的懲罰。」

佐登志發出讓人起雞皮疙瘩的笑聲後，轉身離開了教室。

「呼，好可怕的性格。」

夢斗從口袋裡把手抽出來，手裡什麼也沒拿，只有因為剛才太過緊張而冒出的冷汗。

「妳不要緊吧，若葉？」

「嗯，謝謝你，夢斗。」

若葉正要走向夢斗時，雙腳頓時失去力氣，人差點往旁邊倒下。幸好夢斗及時上前扶了她一把。

「對、對不起，腳突然沒了力氣……」

若葉眨著像洋娃娃般的大眼睛，凝視著夢斗。若葉的個子嬌小，又綁著兩撮馬尾，看起來真的就像個中學女生。

「妳可以放心了，佐登志應該不敢再回來了。」

「因為時貞他們會來嗎？」

「啊，那是嚇唬他的啦。」

「嚇……嚇唬他的……？」

「嗯。我想，嚇唬他一下的話，他應該會知難而退才是。」

夢斗笑著說，手也放開了若葉。

「不過還是要小心點。就算和誠一郎的陣營合作，也要提防佐登志那種人。」

「……你都聽到啦？我們和誠一郎陣營合作的事。」
若葉哀怨地說。
「其實，我很討厭跟他們合作，因為他們以前常常欺負智輝。」
「妳知道智輝被霸凌，可是沒有出面解圍嗎？」
「我……我會怕……」
若葉的眼眶噙著淚水，細瘦的肩膀顫抖著。
「我也很想幫智輝啊，可是……」
「我瞭解妳的心情。因為霸凌智輝的那些人是班上的同學，妳擔心自己也會變成被霸凌的目標。而且妳又是女生，當然不敢和那些體格壯碩的男生作對。」
「……嗯，是啊。」
「可是，如果大家能團結起來，也許就能阻止智輝自殺，我們也不會像現在這樣，掉進國王遊戲的泥沼裡。」
夢斗的臉無奈地皺了一下。
「話說回來，要阻止這種事談何容易？校園霸凌是累積了幾十年的老問題，至今都沒有辦法解決。雖然我現在說得很輕鬆，不過換成是我，也許也救不了智輝。就像現在，大家不也是爭得你死我活嗎？」
「可是，你卻救了不同陣營的我啊。」
「看到那種情況，當然要出面相救。再怎麼說，我也是男人啊。」

「難道你不怕嗎？」

「怕啊。因為我很清楚佐登志不是好惹的傢伙。」

「儘管如此，你還是救了我。」

若葉紅著臉，凝視著夢斗說。

「我該怎麼報答你呢……」

「別說什麼報答了，我又不是為了這種事才救妳的。」

「……『石（isi）』。」

「咦……？」

夢斗驚訝地張著嘴。

「石（isi）？」

「是的。也許讀音不同，但是我的X提示字是漢字『石』。」

若葉從上衣口袋裡掏出手機，把畫面秀給夢斗看，上面果然有顯示『石』字。

「不是只有平假名嗎？」

「我想，漢字出現的機會很少。奈留美他們收到的也都是平假名。」

「原來如此……提示中也會出現漢字啊。」

夢斗緊閉嘴唇，發出沉吟。

——若葉不像是在騙我的樣子。『石』字應該是很重要的提示，如果把現有的字進行排列組合，很可能可以找到有關X的蛛絲馬跡。

「謝謝妳，若葉。」

夢斗緊握著若葉的小手，向她低頭致謝。

「也許，這樣就能猜到X是什麼了。」

「嗯，希望我們都能活下去。」

若葉露出純真的笑容，似乎對於對夠幫上夢斗的忙感到很開心。

【11月2日（星期二）晚間9點28分】

「『石』？提示裡也有漢字嗎？」

電腦教室裡，風香看到夢斗寫在筆記本上的文字，忍不住發出驚呼。

「她該不會和陽平一樣，是故意要你的吧？」

「不，我想不太可能。」

夢斗專注地看著筆記本，這麼回答風香。

「如果她存心要騙我的話，隨便給一個平假名不就好了。而且，我看若葉的眼神，不像是演出來的。」

「眼神？什麼眼神？」

「啊……就、就是……」

「哼，我知道了。」

風香冷冷地瞪著脹紅臉、無言以對的夢斗。

「夢斗，你是不是喜歡上若葉啦？」

「沒、沒有啦。」

夢斗連忙搖頭否認。

「我現在哪裡還有心情談戀愛！眼前最重要的，是先解開X的內容。」

「你能這麼想最好。不過，我還是認為太信任其他陣營的成員非常危險。」

對於風香的看法，星也點頭同意。

「的確，我們真的要提防奈留美的陣營。剛才奈留美還親自找我去呢。」

「她找你去？」

「嗯，她說只要我把X的提示字告訴她，就願意跟我交往。跟對付陽平的手段一樣。」

「星也，那你……？」

「我當然拒絕了。」

星也冷靜地回答。

「我曾經背叛過大家一次，所以不管接下來遇到什麼情況，都不會再背叛了。我向神發誓。」

「……此話當真？」

「我不知道該用什麼方法向你們證明，可是如果我有心背叛，就不會跟你們說這些了。」

「說得也是，好吧……」

風香笑了笑，往星也的頭敲了一下。

「好，這次就姑且相信你吧。你應該可以抵擋奈留美的美色誘惑才對。」

「為了讓大家更信任我，我現在就把新的提示字加進去，再做一次排列組合。」

星也坐在電腦前的椅子上，開始操作鍵盤。由那站在他旁邊，專注地盯著電腦螢幕。

「『石』是嗎？其他的提示字是『い（i）』『の（no）』『ろ（ro）』『ち（chi）』『ふ（fu）』『あ（a）』『に（ni）』『う（u）』『れ（re）』『ま（ma）』對吧？」

「嗯，多了『石』這個提示字果然比較好猜，要是能夠知道岩本老師的提示字就更好了。」

「似乎還沒有人找到岩本老師呢，他跑去哪裡了？」

「奈留美他們好像跟岩本老師交換過提示字了。」

「咦？」

夢斗驚訝地抓住星也的肩膀。

「這是真的嗎？」

「嗯，剛才奈留美親口告訴我的。她沒有理由騙我，所以應該是真的。」

「既然這樣，就假設誠一郎陣營也知道了岩本老師的提示字。那麼，他們說不定已經收集到10個提示字了。」

「他們會不會為了不想讓我們知道岩本老師的提示字，而把他監禁起來啊？」

「把老師監禁起來？」

「不是嗎？我們一直遍尋不著岩本老師，真的很奇怪啊。學校已經被封鎖了，老師不可能到跑到學校外面啊。」

星也似乎對自己的分析頗為認同似地頻頻點頭。

「除此之外，實在想不出其他可能了。總不會半夜跑去爬赤池山吧。」

「啊！」

夢斗的叫聲在電腦教室迴響。

「對了！沒錯！赤池山！」

夢斗指著電腦螢幕說。

「提示字中有『あ（a）』『い（i）』『ま（ma）』，說不定就是指赤池山。」

聽到這樣的解釋，大伙的視線全部集中在電腦螢幕上。

「的確，是赤池山的可能性很高呢！」

時貞高興地伸出手，亂撥夢斗的頭髮。

「真有你的！不愧是我們的隊長！」

「哎呀，也不一定是這樣。也許還有別的排列組合。」

「等一下！」

風香探出身體，臉靠近電腦螢幕說：

「赤池山的山頂上有一根石柱，所以這裡是不是『石（isi）』『ち（chi）』『ゆ（yu）』『う（u）』，就是石柱的意思？」

「石柱？如果是這樣的話……」

夢斗在筆記本上寫下『赤池山』『石柱』『ふ（fu）』『れ（re）』『ろ（ro）』等字。

「如果這樣的排列正確的話，那麼，我們這邊的提示字還剩下『の（no）』、『に（ni）』，另外，我們不知道的提示字還有7個。」

「把『の（no）』和『に（ni）』加進去的話，可以排列成『石ちゅうにふれろ（觸摸石柱）』和『あかいけやまの（赤池山的）』。」

「嗯，這麼想的話，X的內容有可能是『あかいけやまの石ちゅうにふれろ（去摸赤池山的石柱）』，再加上什麼規定吧。」

「關鍵就在剩下的那7個提示字了。也許是『在半夜兩點鐘』或是『用右手指』等等。」

「是啊，要確定X究竟是什麼，還是得知道剩下的7個提示字才行。」

夢斗拿起自動鉛筆，一面用筆尖咚咚咚地敲著筆記本，一面發出沉吟。

「想知道剩下的7個提示，恐怕得和其他陣營合作才行。」

「嗯？合作？什麼意思？」

「我有預感，X的命令內容並不是要我們彼此競爭。」

「咦？你為什麼會這麼想呢？」

風香詫異地看著夢斗。

「我們還不知道那7個字是什麼呢，說不定命令的內容，是要按照順序摸石柱，前10個先摸到的人可以不必受罰呢。」

「如果是那樣，文字明顯不夠。要讓我們彼此競爭的話，字數應該會更多才對。」

「字數會更多？」

「嗯，例如妳剛才說的，如果內容是前10名先摸到石柱的人，不必受罰的話，7個字根本不夠。而且我有預感，國王之所以不告訴我們X的用意，應該就是這個。」

夢斗筆記本上寫下『國王』兩個字。

「國王憎恨我們這個班是錯不了的，而且這是國王第一次發出沒有具體內容的命令，目的很可能就是要挑撥離間。」

電腦教室裡一片鴉雀無聲，每個人的表情都嚴肅了起來。

星也緊張地嚥下口水後，開口說：

「如果真如你所想的那樣，那麼我們就得要和其他陣營的人合作了……」

「嗯，達成這次命令的關鍵，應該就在那7個字。所以我認為，我們應該和奈留美與誠一郎的陣營合作。」

「和誠一郎陣營？」

「雖然我也不認同誠一郎他們的所作所為，但是為了讓大家活下去，只有合作一途了。」

夢斗斬釘截鐵地說。

「也許是我天真，不過不管對方是什麼樣的人，我都不希望他們死去。」

「……是啊，我都差點忘了，以前大家都同學呢。」

星也凝視著桌面，喃喃地說。

「可是，跟他們合作，真的可以順利過關嗎？」

「一定可以的！」

夢斗用力握住星也的肩膀，肯定地點點頭。

【11月2日（星期二）晚間10點34分】

2年A班的教室裡，聚集了剩下的倖存者們。誠一郎把腳靠在桌子上，用帶著敵意的眼神瞪著夢斗。

「喂！轉學生，你說你們知道X是什麼，到底是真的假的？」

「其實這樣說並不正確。」

夢斗一面來回看著聚集一堂的同班同學，一面回答誠一郎的問題。

「我們知道的是，X的內容並不是要彼此競爭，所以我們可以合作。」

「你怎麼能肯定？你們還不知道全部的提示字不是嗎？」

「我們不知道的提示字只有7個，光這幾個字，根本無法構成競爭的內容。」

「你說，無法構成競爭的內容……？」

「當然，我也不是百分之百肯定，畢竟這只是我的猜測。」

夢斗在黑板上寫下『あかいけやま（赤池山）』『石ちゅう（石柱）』『ふれろ（摸）』幾個字。

「這些就是我們猜到的X的部分內容。」

看到黑板上的字，各陣營的學生們開始騷動起來。夢斗冷靜地觀察大家的反應。

幾分鐘之後，蒼太突然大聲拍手，走向夢斗。

「我想夢斗是猜對了。因為我們這邊的提示字，排列出來的意思是『さんちょう（山

頂）』，也就是說，X的內容應該是『摸』『赤池山』『山頂』上的『石柱』。」

「對耶……『あかいけやまのさんちょうにある石ちゅうにふれろ（去摸赤池山山頂上的石柱）』剛好是22個字，原來並沒有什麼限制規定。」

「嗯。內容很簡單，如果打從一開始大家就能團結合作，也許1個小時內就能破解了。」

「看到絞盡腦汁卻無能為力的我們，國王一定覺得很好笑吧。」

夢斗看著各個陣營的同學們說。

「X的內容很簡單，而且不是要我們彼此競爭。所以可以確定，國王是真的非常痛恨我們班。」

「可是，如果國王那麼重視智輝的話，為什麼不在智輝自殺前就採取行動？」

蒼太嘆口氣，聳聳肩說。

「唉，算了。接下來該怎麼辦呢？要一起去爬山嗎？」

聽到蒼太的建議，英行開口說。

「我認為晚上還是不要爬山比較好。既然已經知道X的內容，就不需要急於一時。明天早上大家再去應該還來得及。」

「也對，我想大家應該可以放慢腳步了。」

教室裡瀰漫著放鬆的氣氛。已經確定了X的內容，而且不需要互相競爭，所以大家的緊張感頓時降低了許多。

「終於可以喘口氣了。」

奈留美莫可奈何地交叉起手臂。

「的確，這次的命令大家應該都能順利過關。可是下次呢？只要國王不落網，命令就會一個接著一個來啊。」

「這種事也只能交給警方了。」

英行淡淡地說。

「如果宗介是國王，被困在學校裡的我們，根本束手無策。」

「就是啊。真不知道警察到底在做什麼，連個高中生都抓不到，到底怎麼回事啊！」

「我也在想這個問題，宗介到底躲在哪裡……」

「他能躲的地方不多吧。因為不使用電腦的話，就無法控制奈米女王啊。」

「只要懂得利用智慧型手機和行動電話，就能遠距離遙控電腦。」

「嗯，原來如此。你懂的還真不少。」

「你們可別因為這樣，就懷疑我是國王喔。像這種事情，只要上網查就會知道，而且並不難懂。」

「咦？我記得英行不是說過，國王並不在我們之中嗎？」

「我只是說宗介的嫌疑重大而已，又沒有一口咬定是他。」

英行轉而看向其他同學。

「國王就是我們其中之一的可能性，多少還是有的。只不過，如果真的是這樣，我想那個人八成是想自殺吧。」

「想自殺？」

「嗯。因為那個人必須和我們一起參加國王遊戲才行。」

「我也覺得有這種可能。」

奈留美看向站在講台上的夢斗。

「理由是國王寫的那封信。」

「妳說的信，是指之前在我抽屜裡發現的那張紙嗎？」

聽到夢斗的回答，奈留美搖搖食指說：

「在這種情況下，應該要說是智輝的抽屜才對。當然啦，這並不重要。重點是那張紙寫的內容。裡面不是寫著『大家都要接受懲罰。我要化身成國王，懲罰我們全班』？也就是說，信中已經表明，他自己也會受罰。」

「可是，誰知道信裡面寫的是真是假，說不定只是干擾的手段罷了。」

「干擾的目的是什麼呢？總不會是要告訴我們，國王隱藏在我們之中，所以宗介不是犯人？我想應該不是吧。」

「這個……說得也有道理……」

夢斗一時也想不出反駁的理由，只能無言地低頭。

——的確，奈留美說得沒錯。如果國王本身決定受罰，那麼他自願感染凱爾德病毒並且加入國王遊戲的行為，也沒什麼好奇怪的了。可是如果是這樣，那麼宗介又為何會突然失蹤呢？

這時候，教室的門被打開，穿著防護衣的宮內和川島走了進來。

「大家好像都集合起來了是嗎？」

宮內的眼睛來回轉動著，大步走向講台。

「我們有事情要跟大家報告。」

「抓到國王了嗎？」

陽平迫不及待地跑向宮內。

「是不是這樣？你們抓到宗介了對不對？」

「不是的，而是縣警那邊收到新的簡訊。」

「新的簡訊？」

「是的。上面說，要我們停止繼續調查這件案子。實在非常遺憾。」

「遺憾？你們該不會真的要放棄調查吧？」

「對方已經放話，要是我們違抗命令，就要把病毒散播在東京都內。」

穿著防護衣的宮內手微微地顫抖著。

「我們已經蒐集了許多情報。如果能繼續搜查下去，我想不用多久就能逮到嫌犯，可是政府卻要我們答應對方的要求。」

「為什麼！只要把藏起來的宗介抓起來，不就安全了嗎？」

「目前還無法確定犯人就是宗介。還有，犯人有可能不只一個。」

宮內的話引起教室裡的一陣騷動。

誠一郎也跑向宮內。

「喂！你說國王可能不只一個？這怎麼可能！」

「我們不敢斷言完全沒有這個可能。如果真是這樣，那麼我們逮捕國王之後，共犯很可能會在東京都內散播病毒。政府非常擔心，所以決定和犯人談判。」

「談判？」

「是的……」

宮內防護衣下的嘴，微微地歪向一邊。

「那則簡訊裡面寫著，等國王遊戲結束之後會出面自首。還說，就算到時候被判處死刑也無怨無悔。」

「被判處死刑也無怨無悔？」

「沒錯。如果犯人說的是真的，就表示他並不怕死。你們知道，這代表什麼意思嗎？」

「什、什麼意思？」

「犯人很可能就藏在你們之中。既然連死都不怕了，那麼感染凱爾德病毒又有什麼關係呢？」

宮內的眼睛左右緩慢地移動著。

「我們已經調查過自殺身亡的北村智輝親戚、離奇失蹤的城戶宗介，以及本班的各位同學和所有相關人。可是很遺憾，我們無法做更進一步的調查了。」

「嗄？那我們該怎麼辦呢？」

誠一郎抓起宮內的防護衣說。

「你們倒好啊！反正你們沒有感染凱爾德病毒，不會受到國王遊戲的懲罰而死，可是我們卻隨時都要面臨死亡的威脅！」

「……對不起，我們也是無能為力。」

「哈、哈哈。也就是說，你們不管我們的死活了，對不對……」

誠一郎往旁邊的椅子坐下，懊惱地抱著頭。

不知從何時開始，周圍陸續傳來女生啜泣的聲音。

夢斗也像是強忍著劇痛般緊咬嘴唇。

——警方……不、政府打算要犧牲我們，好讓事件早日落幕。因為國王的目標，只有我們這個班……。

由那抓住夢斗上衣的袖子問：

「夢斗……我們該怎麼辦？」

「我也不知道。」

夢斗沮喪地回答。

【11月3日（星期三）上午7點16分】

睜開眼睛，從睡袋的縫隙看到了電腦教室的白色天花板之後，夢斗小心翼翼地把自己撐起來坐著。他像是夾心餅乾似的，被同樣裹著睡袋的時貞和星也夾在中間。就在離他們幾公尺的前方，由那和風香則是裹著橘紅色的毛毯睡在地板上，還發出小聲的鼻息。

夢斗伸了懶腰，享受從窗戶外面透進來的陽光。大概是被他的動作驚擾了，時貞也跟著睜開眼睛。

「嗯……已經天亮啦……」

隨手拿起一旁的行動電話，看了一下畫面。

「怎麼了？時間還很早，不是8點才要去爬赤池山嗎？」

「嗯，可是那時候去來得及嗎？」

「可以啦。那只是座小山，花2個小時就綽綽有餘了。」

時貞擦著眼睛，連續打了幾個呵欠。

「話說回來，人真是奇怪，在這種情況下居然能睡得著。」

「連續好幾天，大家都沒好好睡，疲勞已經累積到極限了吧。」

「也對……打從國王遊戲開始到今天，已經是第6天了。」

「我看還會繼續下去吧。」

「……看樣子，只有靠我們自己把國王揪出來，才能早日終結國王遊戲了。」

「可是，如果國王在學校外的話，我們根本無能為力。」
「你是說……宗介？」
「時貞，你認為宗介是國王嗎？」
被夢斗這麼一問，時貞發出沉吟。
「老實說，我也不知道。平常我很少和班上的同學來往，可是如果信紙上面寫的是真的，那麼應該不是宗介。所以，國王也很可能也跟我們一起參加了國王遊戲。」
「到頭來，還是不知道真相。」
「警察也不能繼續搜查了。」
「就算這樣，我們還是得想辦法自救才行。」
夢斗握起拳頭說。
「不找到國王，我們就無法逃出這個遊戲，直到全班的人都死光為止。」
「全班的人都死光是嗎……？看樣子，下一道命令很可能又是要我們互相廝殺了。」
「很有可能。國王的目的，就是要我們班的人反目成仇，所以我們能和平相處的時間，恐怕只有到中午了。」
「……今天的登山活動，說不定是我們班最後一次團體活動。」
時貞從睡袋裡爬出，拿起放在桌子上的瓶裝水。
「不管了，我要先去拿早餐吃。至少配給食物的事，應該不會虧待我們才對。」
「那麼，你也順便幫大家拿吧。啊、記得拿飲料喔。」

「好！星也和女生好像沒什麼食慾，得強迫他們吃點東西才行。」

就在這時候，教室的門突然開啟，英行陣營的人走了進來。英行一看到夢斗他們，原本緊閉的嘴立即張開。

「你們怎麼還在這裡？」

「還在這裡？」

夢斗皺起了眉頭。

「為什麼這麼問？大家不是約好要一起去爬赤池山嗎？誠一郎和奈留美他們也都贊成啊。」

「他們早就不在學校裡了，到處都沒看到他們的人影。」

「嗄……」

「大概是先去爬赤池山了吧。現在，我們也只有那個地方可以去了。」

「可能是未雨綢繆吧，所以早點去摸石柱了。畢竟早點回來學校的話，如果下一道命令又是尋寶類的，他們就可以先下手為強了。」

「是嗎……還有下一道命令嗎？」

「好，那麼我們也快點去吧。」

「沒錯，現在就去追誠一郎他們！」

大概是被夢斗他們的談話吵醒了，星也、由那、風香陸續坐了起來。他們帶著睡意看著英行他們，好像還搞不清楚情況。

夢斗對著醒來的伙伴們說：

「早安，你們才剛睡醒，實在很抱歉。可是大家快點吃早餐吧，因為爬山的時間必須提早了。」

【11月3日（星期三）上午7點46分】

吃完配給的早餐後，夢斗一行人便往校園的後門移動。原本後門那裡有一條沿著圍牆通往正門的小徑，不過現在那條路被柵欄堵住，只剩下一通往赤池山的登山小徑還可以通行。路寬不到一公尺的登山步道，左右兩側長滿了楓樹，黃褐色的樹葉覆蓋了整條路面。

夢斗和英行他們在蜿蜒的山路中前進，沿途可以看到地面上有許多運動鞋的鞋印。大概是先前誠一郎他們經過的時候留下的吧。

走了幾十分鐘之後，夢斗一面用手背擦拭汗水，一面回頭看著來時的路線。從樹林間的空隙望去，還是可以看到赤池山高中的教室大樓。校園的外圍停了好幾輛警車和卡車，還有好幾名身穿迷彩服的男子在附近巡邏走動。

由那嘆了口氣，來到夢斗的旁邊。

「我們已經無法回家了嗎……」

「……家人一定很擔心我們吧。」

「尤其是我哥。」

由那緊閉起眼睛，大概是在想念哥哥吧。

「我哥是瞎操心的個性，每天都會傳簡訊問我說【有沒有受傷】、【有沒有好好吃飯】這一類的問題。」

「那是理所當然的吧，我媽也是每天傳簡訊給我，每一則我都有看呢。」

夢斗伸手去摸放在褲袋裡的智慧型手機。

「我想，誠一郎和奈留美他們的家人一定也很擔心他們。」

「那是當然的，大家都有家人嘛……」

「現在先不要去想這些比較好。」

「你擔心下一道命令是要互相競爭的內容嗎？」

被由那這麼問，夢斗無言地點點頭。

「啊！那裡就是山頂了！」

朝由那指的方向看去，可以望見一個像是倒扣的缽一樣的隆起地形。

「……咦？」

「嗯？怎麼了？由那。」

「照理說，從這裡應該可以看到山頂上的石柱才對啊，真是奇怪。」

「石柱不見了嗎？」

一股不祥的預感作祟，夢斗趕緊加快了腳步。爬上坡度緩和的斜坡後，腳底下出現一個四方形的凹坑。站在後面的時貞一把將他推開，自己站到前面。

「怎麼回事？石柱怎麼消失啦！」

聽到時貞的聲音，英行他們趕忙衝了過來。

「怎麼可能！石柱明明就立在這裡啊！」

「為什麼會不見？這樣我們怎麼達成命令！」

「大家趕快分頭去找，說不定是被風吹倒了。」

就在心急如焚的英行陣營後方，突然傳出一陣笑聲，現場所有人的視線不約而同地朝笑聲的來源看去。

「蒼……蒼太？」

夢斗沙啞地唸出一步步朝他靠近的蒼太的名字。

「難道，是你把石柱……？」

「是的，我把石柱藏起來了。」

蒼太笑著回答。

「哎呀，真是累死人了。還得先用槌子把石柱敲碎，再把碎石收集起來，從這裡運到別處去，真的很重呢。幸好大家一起分工合作，總算將事情順利完成了。」

「大家？你是說誠一郎陣營嗎？」

「奈留美他們也有幫忙。」

「為什麼要這麼做？」

「這件事由我來向大家說明好了。」

誠一郎從蒼太的後面走出來。

「把石柱藏起來的原因，是為了終結國王遊戲。」

「終結國王遊戲？」

「是的……」

誠一郎的眼睛瞇得跟針一樣細。

「我老爸認識不少警界的朋友，他從那些人口中探聽到一個情報，就是到昨天為止，被警察列為國王嫌疑人的名單。」

「嫌疑人？」

英行跑向誠一郎。

「你是說，我們之中有被警方鎖定的嫌疑人嗎？」

「是的，其中之一就是你。」

「我……我是嫌疑人？」

英行張大了眼睛。

「為什麼我是嫌疑人？」

「這我就不知道囉。不過用猜的也知道，因為你身為班長，覺得自己對智輝遭到霸凌的事有責任。為了讓全班所有人向智輝謝罪，所以策劃這場國王遊戲。」

「簡直是胡說八道！我的確是對於沒能阻止智輝被霸凌的事感到內疚，可是也不可能因為這樣，就讓自己感染凱爾德病毒啊！」

「……這麼說也是有道理啦。那麼，第二號嫌犯武應該比較可疑。」

「我也有嫌疑？」

武的臉色瞬間大變。

「這、這是誤會！我才不是什麼國王呢！」

「你的反應和英行還真像。你在智輝的葬禮上哭了不是嗎？我可是記得很清楚呢。」

「班、班上有同學死了，當然會傷心，而且我曾經和智輝一起下過將棋啊！」

「這就表示，你們兩人的交情不錯。從命令來看，國王應該也是個喜歡遊戲的人。既然你喜歡下將棋，應該也喜歡玩遊戲吧？」

誠一郎伸出手，制止了急於為自己辯護的武，轉而看向站在夢斗旁邊的星也。

「不過，嫌疑最大的應該是星也。」

「我也被警方列為嫌疑人？」

星也吃驚地看著誠一郎。

「為什麼我會被懷疑？」

「好逼真的演技喔。你會被列為嫌疑人，是因為你那台被警方沒收的電腦。」

「電腦？」

「警方在你家的那台電腦裡面，發現你修改過奈米女王程式的證據。」

聽到這段話，所有人的視線全部集中在星也身上。星也驚訝地張著嘴，像一具電池電力耗盡的機器人一樣僵直，過了幾十秒後才又張開嘴顫抖地說：

「胡說！那是不可能的！」

「是嗎？那麼，你倒是解釋一下，為何你的電腦會留下修改的證據？難道是國王偷偷溜進你家，在你的電腦裡面動手腳？」

「這……反正，我絕對不是國王！」

「沒錯，我也不敢一口咬定你就是國王，因為還有其他的嫌疑人。可是，你的嫌疑實在是太大了，不但懂電腦，而且好像曾經在校外和智輝交談過。」

「等一下！」

副班長美樹走到誠一郎面前。

「既然這樣，那麼禁止星也一個人碰石柱不就好了！只要星也死了，國王遊戲不就會結束了嗎？」

聽到美樹這麼說，一旁的蒼太搖搖頭。

「那可不行。英行和武都是被警方鎖定的嫌疑人，而且就我來看，妳也有嫌疑。」

「我也有嫌疑？」

「正確來說，應該是女生有嫌疑。我一直認為國王應該是女生。」

「這件事夢斗已經跟我們說了，為什麼你會認為是女生？」

「嗯，有很多地方都很可疑啊。比方說，插在花瓶裡的花。」

「花？你是說，那個被裝了凱爾德病毒的花瓶？」

「是的。我早就覺得那朵白花有點奇怪。那種花到處都可以看到並不稀奇，我上網查過了，好像是叫白花三葉草。」

「那又怎麼樣？」

美樹的雙眉抽動了一下。

「花的種類有那麼重要嗎?」

「不,重點不在花的種類,而是為什麼會選擇白花三葉草。於是,我又繼續查,結果發現白花三葉草的花語,就是『復仇』。」

「復仇……」

「是的。國王是藉著那朵花警告我們,他要向我們復仇。這種事情通常都是女生才會做吧?而且,我的直覺通常都滿準的。」

「說不定這回你猜錯了。」

「沒錯,所以我才想,不如把所有的國王嫌疑人全部解決掉,一勞永逸。」

蒼太帶著天真的笑容說。

「只要被警方列為嫌疑人的英行、武、星也,還有我懷疑的女生全部死去的話,我想國王遊戲就會結束了。」

「簡直是亂來!」

夢斗大聲怒斥。

「你想用這種方式結束國王遊戲是不可能的,只會一次害死13個人而已!」

「13個?喔,你把岩本使老師也算進來啦?老師他很安全啦,他在我們把石柱藏起來之前,好像已經摸過了。」

蒼太把手搭在夢斗的肩膀上。

「事情走到這個地步真是遺憾啊。我知道唯獨你,絕對不可能是國王,不過要是我把藏匿石柱的地點告訴你，你一定會跟大家說吧？」

「那是當然的了！我贊成找國王，可是用你這種方式的話，連不是國王的同學都會受罰而死啊！」

萝斗揮開蒼太的手。

「如果國王躲在我們其中，把他揪出來，那麼國王遊戲就會結束了不是嗎！」

「就因為無法確定是誰，才要用這種方式啊！聽好，夢斗，我知道你想盡量減少國王遊戲的犧牲者，所以照我的方式去做，才能讓更多人活下去啊！我認為國王很可能就是你們其中之一。如果猜對的話，那麼奈留美和誠一郎的陣營，還有岩本老師就全都可以活下去了。」

「不對！國王應該早就知道命令的內容，所以可能摸過石柱了。」

「是有此可能，因為在我們敲碎石柱之前，石柱早就缺了一角，也許是國王帶走的吧，不過這樣也沒關係。」

蒼太的兩邊嘴角向上揚起。

「因為如果是這樣，那麼你們之中就只剩下國王會存活下來，到時候我們只要集中火力殺死那個人就行啦。」

「蒼太你……」

「當然啦，如果國王是沒有感染凱爾德病毒的宗介，那麼我這個計畫就沒有意義了，到時候我也只能跟你們說抱歉了。」

「抱……抱歉？」

「喂！」
時貞伸出右手，勒住蒼太細瘦的脖子。
「現在就把藏匿石柱的地點說出來！不說的話，我保證你會比我們更早死！」
「別白費力氣了，我絕對不會告訴你們的。」
「既然這樣，那只好嚴刑逼供了！畢竟這關係到我們的死活！」
「有這個閒工夫的話，我勸你們還是快點去找石柱吧，那樣的話，也許還有活命的機會喔。」
「可……可惡！」
時貞把蒼太一腳踹開，轉而抓住夢斗的肩膀。
「夢斗！我們快去找石柱！沒時間了！」
「好！大家馬上分頭去找。」
夢斗跑向發楞中的星也。
「星也，快走啊！」
「嗄……？我也要去找嗎？」
「當然！又沒有確定你就是國王，其他同學也有可能啊。而且現在最重要的是摸到石柱，找國王的事就先擱著吧。」
夢斗一行人和笑容邪惡的誠一郎擦身而過，迅速地跑開。
——石柱應該就藏在山頂附近才對。雖然被敲碎了，可是重量不輕，要帶那些碎石離開並

【11月3日（星期三）上午9點47分】

在茂密的楓樹林裡，夢斗發現了幾枚運動鞋的鞋印。因為鞋印大小各異，所以可以確定有好幾個人來過這裡。

「如果是藏這附近的話，應該是埋在土裡……」

夢斗彎下身，把黃褐色的枯葉掃到一邊，露出來的深咖啡色泥地微濕，卻沒有剛被挖過的痕跡。

「找起來真是不容易啊。」

夢斗放掉手中握的泥土站起身來。突然間，不知道從何處傳來英行他們的聲音。

看樣子，英行陣營好像也在這一帶尋找。

「沒想到事情會變成這樣……」

想到笑容天真的蒼太，夢斗忍不住緊咬嘴唇。

——早知道會變成這樣，在解開X的時候就應該立刻爬上赤池山的。我實在是太愚蠢了。

緊握的拳頭，因為過度用力而顫抖著。

——我們玩的是國王遊戲！怎麼可以這麼大意呢！

這時，周遭突然沙沙作響。接著，佐登志從楓樹的樹幹後面現身。他撞見夢斗時嚇了一大跳，大概是沒料到會在這裡遇到夢斗吧。

「是轉學生啊！」

「你在這個地方做什麼？」
「……我不是來埋藏石柱的。」
佐登志陰沉地回答。
「石柱在1個小時之前就埋好了，真是重死人了。」
「你大概不會把藏匿的地點告訴我吧？」
「那還用問嗎？我巴不得你早點去死呢。」
「就算我不是國王也一樣嗎？」
「沒錯，誰叫你把我的最愛搶走了。」
「你的最愛……」
「就是若葉啊。別跟我說你忘記了。」
「拜託，我只是救她而已，怎麼會是搶呢。」
「少來！」
佐登志突然加重語氣說道。像枯枝般又細又長的手臂下垂晃動，人一步步逼近夢斗。
「你搶走了若葉的心，所以你必須死！」
「簡直是莫名其妙！若葉的心到底怎麼了？」
「若葉她喜歡上你了！」
「喜歡上我？」
「是她親口告訴我的，她說她喜歡你，所以無法跟我交往。而且，她還因此背叛了我們。」

「我們？」

夢斗皺起眉頭問。

「你說我們，是什麼意思？」

「……不告訴你。」

佐登志從口袋裡掏出一把折疊刀，夢斗警覺地跳離佐登志。看到夢斗的反應，佐登志乾澀的嘴角露出了笑意。

「算了，反正再過2個小時你就要死啦，就讓你好好享受最後的時間吧。」

說完，佐登志轉身背對夢斗，離開現場。

夢斗一面擦拭額頭上冒出的汗珠，一面往樹林深處觀望。

「剛才佐登志在這個地方做什麼？」

他剛才說不是在埋藏石柱，應該不是騙人的。夢斗這麼想。

——如果是埋藏石柱的話，應該還有其他人一起行動。可是佐登志卻是獨自從樹林裡跑出來，到底是為什麼呢？

夢斗往樹林深處走去。層層疊疊的樹葉遮住了陽光，四周也因此暗了許多。每跨出一步，腳邊的落葉就沙沙作響，聽起來像是某種恐怖生物拍動翅膀的聲音。

走了好一會，眼前的視野變得廣闊，這時夢斗突然看到一名少女倒在地上。少女的側臉像蠟燭般蒼白，制服也染成了深紅色。

「若……若葉！」

夢斗一邊叫著少女的名字，一邊跑到她身邊。

「若葉，妳不要緊吧？」

夢斗抓著若葉的肩膀用力搖晃。若葉緊閉的眼簾緩緩地睜開。

「……啊、是夢……夢斗。」

若葉的聲音細若游絲，想要撐起身體卻使不上力，只能稍微抬起頭。夢斗把手繞到若葉背後，將她抱起。

「若葉，為什麼……」

若葉的上衣沾滿鮮血，周圍的落葉上血跡斑斑。很明顯，這是大量出血所造成。

「難道，是佐登志他……」

「嗯、嗯。我被他的刀子刺中……腹部和胸部……」

若葉蒼白的臉上勉強擠出笑容這麼說。

「可是，不是很痛……我想，傷勢應該不是很嚴重……」

「嗯……」

夢斗扶住若葉背後的手抽動了一下。若葉的傷口很深，從流到地上的血量看來，傷勢一定非常嚴重。可是若葉似乎沒什麼感覺。

「不知道會不會……留下傷疤？」

「……若葉。」

夢斗無法承受若葉那對濕潤雙眼的凝視，別開了視線。

——不行，若葉已經沒救了。

眼前的這位同學，再過幾分鐘就要死了。這是誰也無法改變的未來。

夢斗感到口中異常乾澀，冷汗不停從額頭流下。

看到夢斗臉部痛苦的表情，若葉不禁悲從中來。

「夢斗……你是不是討厭身體有傷疤的女生？」

「……不是那樣的。」

夢斗拼命擠出笑容說。

「我才不在乎什麼傷疤呢。」

「太……太好了，我……本來還很擔心呢。被佐登志刺傷的時候，我以為……你會討厭我。」

「難道妳是因為我，才被佐登志刺傷嗎？」

「我會被刺，是因為……我手裡拿著石柱的碎片……」

若葉的聲音越來越飄渺了。

「我……很想幫夢斗……想拿石柱去給你摸。沒想到，卻被佐登志發現了。」

「所以，他就拿刀殺妳？」

「嗯、嗯。連石柱的碎片，也被搶走了……」

若葉用顫抖的右手，在格子裙口袋裡摸索著，然後又緩緩地伸出來。她打開手心，裡面握著一個加工過的石頭碎片。

「我……我拿了兩片碎片。佐登志好像……沒有發現這個……」

「這就是石柱的碎片嗎……」

夢斗從若葉手中接過一塊小石頭。那塊石頭的直徑大約2公分，平滑的那一面還刻有文字。

「謝謝妳，若葉。這樣，我就可以不必受罰了。」

「太好了……」

若葉發紫的嘴唇笑了。

「對……對了，夢斗。等國王遊戲結束後……要不要去迪士尼樂園玩？」

「迪士尼樂園？」

「嗯、嗯。我們……一起去……」

「……好，我們一起去！」

夢斗緊緊握著若葉的手回答。聽到夢斗的答案，若葉開心地瞇起眼睛。

「我、我跟你說喔……夢斗。」

「嗯？什麼事？」

「我……我喜歡你……」

「若葉……」

「夢斗……你應該……不喜歡我吧……？」

夢斗沉默幾秒之後說：

「……現在正在參加國王遊戲，我實在沒心情去想那些，可是……」

「可是？」

「我想，我和妳一定會成為好朋友的。」

「嗯……嗯。」

也許是對夢斗的答案感到滿意吧，若葉笑了。她想用左手撐起身體，可是使不上勁，身體倒向一邊，夢斗趕忙扶住。

「不可以隨便亂動。」

「對、對喔。」

若葉難為情地笑了。

「夢……夢斗，我……好想睡喔……」

「那就睡吧。我……會在旁邊陪著妳。」

「謝……謝謝……等我醒來，我們一起回學校……」

「好，我們一起回去。」

「……」

「若葉……？」

「……」

若葉不再回答。她閉上眼睛斷氣了，臉上的表情很安祥，彷彿在睡覺一般，似乎沒有感覺到痛苦。大概是因為她暗戀的夢斗，就陪在她身邊的緣故吧。

夢斗抱著若葉，手微微地顫抖。淚水不停地滴落在若葉蒼白的臉頰上。

——若葉偷偷把石柱碎片藏起來，卻不小心被佐登志發現而遭到刺殺。若葉是因為我而死的。

夢斗緊緊抱著若葉的身體，忍不住嗚咽了起來。

「若葉，我會帶妳回去的。妳先在這裡等一下。」

夢斗對著躺在落葉上的若葉輕聲地說。

「妳給我的這塊碎片，不但救了我也救了大家，謝謝妳。」

若葉對夢斗的感謝沒有任何反應，但是臉上似乎帶著滿足的笑容。

向若葉深深低頭致謝後，夢斗握著石柱的碎片，開始奔跑。

【11月3日（星期三）上午10點35分】

「還是沒有找到嗎？」

芒草叢中傳來英行焦急的問話。

「從誠一郎他們的足跡判斷，石柱很可能就藏在這附近。大家快點找找看，地上是不是有翻過土的痕跡。」

「英行！」

美樹喘著氣跑向英行。

「石柱真的埋在這邊嗎？」

「我也不敢保證，可是這附近留下很多腳印，而且陷得很深。」

「陷得很深？」

「這是搬重物的證據。所以，往這個方向找應該是錯不了。」

「可是，草原的前方是茂密的樹林，如果埋在那裡怎麼辦？」

「這……」

英行往草原深處的樹林望去。在緩和的斜坡上長滿了麻櫟樹和野草，一直延伸到山下。要是石柱真的埋在那裡，找起來就非常困難了。

「不、我們還是繼續在這片草原仔細找找看，之後再……」

「英行。」

聽到有人叫自己的名字，英行連忙轉過頭去。氣喘吁吁的夢斗就站在幾公尺的前方。

「原來你們在這裡。」

夢斗邊擦汗，邊朝英行走來。

「終於找到了！」

「終於找到了？」

「嗯。我就是來把這個交給你的。」

夢斗從口袋裡取出石柱的碎片交給英行。

「我們陣營全都摸過了，只剩下你們還沒摸。」

「你找到石柱啦？」

聽到英行這麼說，其他學生全都急著跑過來。每個人都緊盯著英行手上拿的那塊碎片。

「這真的是石柱的碎片嗎？」

聽到武這麼問，夢斗點頭。

「這塊石柱的碎片是若葉撿到的。」

「若葉？」

「嗯……」

夢斗神情落寞地點頭。

英行一面把石柱碎片交給武，一面卻懷疑地看著夢斗。

「為什麼要把碎片交給我們？你應該已經聽說，警察把我和武列為嫌疑人了不是嗎？」

「我們陣營的星也同樣被警方列為嫌疑人啊。」

夢斗的心情似乎緩和下來了。

「的確，國王很可能就隱身在我們之中。可是，我不希望就因為這樣，眼睜睜看著班上同學犧牲。雖然我們是競爭對手，可是如果能救的話，當然還是要救啊！」

「……是嗎？原來最佳的合作對象是你們。」

英行的眼神比先前柔和許多。

「我一直抱著寧可犧牲其他陣營的同學，也要保護自己陣營的想法，至今依舊沒有改變。可是，我又不想要像蒼太那樣，為了殺死國王而把班上其他無辜的同學一併殺掉。我辦不到。」

「我也是這麼想，所以才決定把石柱的碎片交給你們。我希望其他陣營的人也能活下來。」

話一說完，夢斗的嘴角抽動了一下。

「不過……也不盡然是這樣。」

「不盡然？」

「事情演變到這個地步，我心裡也開始有希望哪些同學活下來，不希望哪些同學活下來的分別了。」

一想到殺死若葉的佐登志，雙手緊握的夢斗，指甲不知不覺地陷入了手心。

命令6

【11月3日（星期三）中午11點51分】

來到校門口附近，穿著防護衣的川島立即擋在夢斗他們面前。

「不准再接近校門了。」

「我知道。」

夢斗把抱在懷裡的若葉放到地上。

「她叫鈴木若葉，是被熊谷佐登志用刀刺死的。」

「……我明白了，遺體就交給我們吧。」

透過防護衣，聽得出川島的說話聲變得比較冷靜了。

「還有其他死者嗎？」

「這次的命令應該沒有了，因為其他人都過關了。」

「是嗎……」

「川島先生，你能見到全班同學的家人嗎？」

「嗯嗯，你們班同學的家長都集中住在鎮上的旅館裡。」

「那麼，請告訴若葉的雙親，若葉拯救了許多同學的性命。」

夢斗把若葉冰冷的手，合在她的胸前。

「我也是因為若葉的緣故，才能活到現在。」

「……明白了，我一定會把話帶到的。」

「就拜託您了。」

夢斗緊咬著嘴唇，低頭致意。

一打開2年A班教室的門，就見到岩本坐在講台邊上。

「岩本老師……」

「原來是夢斗你們啊……」

岩本摸著沒刮的鬍渣，慢慢地站起身來。

「你們也去摸了石柱嗎？」

「是，勉強在時限內摸到了。」

「是嗎？我在夜裡爬上赤池山的山頂，可是卻不知該怎做。我是有看到刻著『石』的石柱，也摸過了，不過一直到早上，才知道那是正確答案。」

「是誠一郎他們告訴你的嗎？」

「是啊，他們大概是在山路的某處，和你們錯過了。」

岩本似乎還不曉得，誠一郎把石柱藏起來了。當夢斗想要說出真相時，英行他們一伙人走進了教室。

英行手上拿著智慧型手機，走向夢斗。

「夢斗，時間差不多囉。」

「啊……已經12點啦……」

夢斗從口袋裡拿出智慧型手機，周圍的同學也同時拿出智慧型手機和行動電話。液晶螢幕上顯示著秒數，每過一秒，夢斗的呼吸就變得更加急促。眼前的岩本也是，一臉蒼白地凝視著行動電話的畫面。

突然間，教室裡充斥著手機的鈴聲。

【11／3星期四12：00　寄件者：國王　主旨：國王遊戲　本文：這是赤池山高中2年A班全班同學和級任老師岩本和幸強制參加的國王遊戲。國王的命令絕對要在時限內達成。※不允許中途棄權。※命令6：岩本和幸立刻蒐集5個現在還活著的2年A班同學的頭顱。若是不遵從命令，將會受到懲罰。　END】

「頭顱……」

夢斗的嘴巴了發出沙啞的聲音。

——這是什麼命令？要蒐集5個人頭？意思是要殺了他們，把頭砍下來嗎？

夢斗的眼神從手機螢幕上移開，看著眼前的岩本。岩本半張開嘴，緩緩地抬起頭。他的臉色蒼白，臉頰的肌肉持續抽動著。

「咿咿……」

美樹發出小聲的悲鳴，往後退開。夢斗他們和岩本也拉開了距離。

「大家快逃啊！」

「等一下！英行！」

英行陣營裡的岩下櫻走上前，隔開英行和岩本。就在英行他們的注視下，櫻張開雙臂，像是在保護岩本似的。

「太過分了，英行。你以為岩本老師會遵從這種命令嗎？」

「櫻，妳最好離岩本老師遠一點。」

「我不要走開。岩本老師是我們的級任老師不是嗎？我們應該信賴他啊。」

櫻的眼眶中浮現出淚水。

「我們都可以協助夢斗他們的陣營，培養彼此的信賴關係了。所以，我們也應該信賴岩本老師才對。」

「可是，這次的命令實在無法幫忙，因為到時候死的是我們，而且一次就死5個人啊！」

「我知道！但是岩本老師不可能殺我們，對吧？」

櫻轉過頭，抬起臉望著岩本。看見這麼信任自己的學生眼眸，岩本的表情和緩下來。

「櫻，謝謝妳，願意相信我。」

「岩本老師……」

「妳是個認真、直率的好學生，而且又很聽話。」

「是啊，因為我最喜歡岩本老師了。」

看著雙頰染上紅暈的櫻，岩本雙眼圓睜。

「喜歡……我？」

「對不起，聽到學生的告白，老師一定感到很困擾吧。」

「不、我一點也不覺得困擾。」

「其實，我本來不想告白的，可是一想到有可能再也見不到岩本老師，我就忍不住……」

「……我明白，謝謝妳，櫻。」

「岩本老師……」

「不……我不再是老師了。」

「咦……？」

岩本用他曬成小麥色的左臂，繞過一臉驚訝的櫻的脖子。接著，右手抓住櫻的頭部，用力一扭。

只聽見喀啦一聲悶響，櫻的頭部被折成了直角。

「嘎……」

櫻好像還弄不清發生了什麼事似的，變成縱向排列的雙眼眨呀眨的，張大的口中流出唾液，弄濕了制服的胸口。

岩本緊緊抱著身體不斷抽搐的櫻，深深地嘆了一口氣。

「櫻……妳真的是個乖學生，真誠又善體人意……而且，今天還對我有所幫助呢。」

「岩本老師……你、你為什麼要殺死櫻呢？」

夢斗用顫抖的聲音質問岩本。

「櫻剛才不是說，她最喜歡岩本老師嗎！」

「所以我才要殺她啊！」

岩本的語氣聽起來格外詭異。

「正因為喜歡，才不希望被她看到我殺人的狠勁啊。而且我得殺5個人呢……」

「5個人……」

「嗯嗯……還剩4個人……」

岩本把櫻的屍體放在地板上，緩緩站起身來。那對凹陷的雙眼，盯著夢斗他們一行人。

「快逃！」

聽到夢斗的叫聲，被嚇得愣住的學生們開始行動。大家的表情因為驚恐而扭曲，全都朝教室後方的門衝去。

夢斗一面警戒著岩本的動向，一面慢慢後退。而岩本帶著瘋狂的視線，緊盯著夢斗的動作。

「夢斗……我們的立場是對等的。」

「對等？」

「我們同樣都是國王遊戲的參加者啊。」

岩本乾澀的嘴唇，發出令人驚悚的笑聲。

「反正，在國王遊戲中就算殺了人，也不會被問罪，對吧？」

「老師，你真的決定要這麼做嗎？」

「剛才我說過，我已經不再是老師啦。」

岩本的腳一踏出去的同時，夢斗也迅速轉身，彷彿用飛的一樣，奮不顧身地往走廊跑去。

夢斗聽到背後傳來岩本的腳步聲，他知道岩本正不發一語地緊追在後，不由得連頭髮都豎了起來。

夢斗在走廊轉彎後，正要跑下階梯，剛好撞見誠一郎陣營的洋二。洋二看到快速跑下樓的夢斗和岩本，剎時被嚇得無法動彈。

「啊……是洋二啊……」

岩本的視線從夢斗移到洋二身上。

「你這傢伙真的很討厭。跟你講過多少遍了，你就是要在廁所抽菸，平常也老是蹺課不來。對了，霸凌智輝的事你也有份。就是因為這樣，我才會被捲入國王遊戲。」

「啊、啊啊！」

洋二大概也知道新命令的內容了吧。他驚恐地尖叫著，還舉起手上的鐵鎚防衛。

「不、不要過來！」

「喔，鐵鎚？嗯，很不錯的武器嘛。」

岩本笑著說，一步步逼近洋二。

「哇啊啊啊啊啊啊！」

洋二才揮起手上的鐵鎚，岩本已經先一步抓住他的手。洋二的表情痛苦地扭曲，手上的鐵鎚也抖個不停。

「喂，我才使這麼點力氣，你就撐不住啦？都怪你平常不去上體育課。」

岩本奪下鐵鎚後，二話不說就往洋二的頭敲下。咚的一聲，洋二不堪頭部重擊而倒下。岩本不罷手，繼續朝倒在地上的洋二頭部連續重擊。紅黑色的血水瞬間把白色地板染成了紅色。

夢斗目睹眼前的慘況，嚇得牙齒喀啦作響。洋二的頭被打得凹陷碎裂，每次岩本拿鐵鎚敲下時，就聽到肉和骨頭被擊碎時發出的咕啾聲。很明顯的，洋二已經沒有了生命跡象。

「解決第2個啦……」

岩本被鮮血濺紅的臉，猙獰地笑著。

「再殺3個就行了。比我想像中要簡單多啦。」

萝斗握著顫抖不止的拳頭，倉惶地逃離現場。

——岩本老師為了達成命令，打算再殺3個學生。無法阻止岩本老師了。

從教室大樓的出口回頭看，岩本已經不見蹤影。他大概打算放棄萝斗，改找其他躲起來的學生吧。

萝斗的腦海裡，浮現由那等人的身影。

——先去跟由那他們會合，再找地方躲起來。人數多的話，也許可以嚇阻岩本老師的攻擊。

萝斗拿出智慧型手機，正打算傳簡訊給同陣營的伙伴時，突然又停下來。

——不行。要是岩本老師就躲在大家藏匿地點的附近，簡訊鈴聲說不定會被聽到。

萝斗咬著下唇，直奔4樓的電腦教室。

來到電腦教室，並沒有發現由那他們。萝斗不發聲響地把門關上後，轉往樓梯的方向移動。

——也許大家都逃出教室大樓了吧。雖然逃到山裡比較安全，可是岩本老師一定猜得到，而且很可能會跑去後門埋伏攔截。

從走廊的窗戶向外望，正好可以看見空無一人的後門和赤池山。

「趁這個時候，在教室大樓裡仔細找吧……」

夢斗保持警戒地走下樓梯。

經過1樓的走廊時，聽到教職員辦公室裡傳出非常細微的聲音。夢斗屏住氣息，打開教職員辦公室的門。裡面沒半個人影，只有排列整齊的幾張教師桌椅，和散落一地的筆記本與教科書。大概是之前找撲克牌的命令時，有人來這裡找過吧。

夢斗躡手躡腳地往窗邊移動。部分的窗戶是打開的，窗外枹櫟樹的葉子在風中搖曳擺動，沙沙作響。

「是這個聲音嗎……」

夢斗嘆了一口氣，繼續沿著窗戶移動。

「啊……」

突然，桌子底下傳出少女的聲音。往桌下看去，班長陣營的村岡陽菜子，正手摀著嘴巴坐在地上。

「陽菜子，妳怎麼躲在這種地方？英行他們呢？」

「大、大家都分頭逃命，我也不知道他們跑去哪裡了……」

陽菜子單薄的嘴唇，發出膽怯的聲音說。

「夢斗，你是一個人嗎？」

「嗯，我剛才被岩本老師追。」

聽到岩本的名字，陽菜子眼鏡後方的臉露出驚恐的神情。

「岩本老師在這附近嗎？」

「我也不確定。不過，應該不在一樓的走廊，有可能往後門那裡去了。」

「是嗎……」

陽菜子弓著身體，從桌子下面爬了出來。

「夢斗，我們接下來該怎麼辦才好？」

「我打算先和由那他們會合。可能的話，能找到英行他們更好。人數多的話，岩本老師動手時可能會有所顧忌。」

「嗯。英行也說過，最好能和你們聯手。」

「這次的命令中，我們也可以和誠一郎、奈留美的陣營聯手。」

「……可是，我覺得還是少和奈留美陣營接觸比較好。」

「嗯？為什麼？」

「他們裡面有人很可疑。」

「可疑？」

夢斗皺了一下眉頭。

「妳說的可疑是指，可能是國王嗎？」

「……是啊，雖然我不敢一口咬定，不過我懷疑某個人。」

「是誰？」

「白川伊織。」

「伊織……」

蘿斗想起那個老是站在奈留美身邊的長髮少女。伊織是奈留美陣營的一員，人長得非常漂亮。她和新潮造型的奈留美不同，是屬於古典型美女，看起來就像日本娃娃一樣。

「為什麼妳會懷疑伊織是國王？」

「你還記得國王遊戲開始那一天的事嗎？」

「我記得那天早上，我和由那來學校之後，就發現妳在教室裡面。」

「是啊。那天，最先在教室看到那個裝有凱爾德病毒花瓶的人，是我沒錯。可是其實，有個人比我還早來學校。」

陽菜子伸出食指，頂了一下眼鏡中間的支架，繼續說。

「我是在校門口前面看到伊織的。當時，她就站在4樓教室的窗戶旁邊。」

「4樓？」

「是的。那裡應該是電腦教室。」

「妳確定是伊織嗎？」

「我的視力雖然不好，可是戴上眼鏡的話，判斷頭髮的長度絕對沒問題。班上留著一頭及腰長髮的女生，就只有伊織了。」

「光憑這點就懷疑她是國王，似乎有點牽強。說不定她只是提早來學校而已。」

「是啊，問題是她本人卻隱瞞了這件事。國王遊戲開始之後，我曾經跟伊織提過，可是她卻矢口否認，還說她比我們晚來學校。」

陽菜子眼鏡的鏡片，反射出從窗戶照射進來的陽光。

「疑點就在於為什麼她要說謊？」

「為了隱瞞在教室裡放了花瓶的事嗎？」

「沒錯。除此之外，她根本沒必要騙人。」

「伊織會是國王嗎……？」

夢斗的左手握拳，貼在嘴唇上。

——我沒和伊織說過話，不知道她究竟是什麼樣的個性。如果她是國王的話，那麼她的目的是什麼呢……。

「伊織和智輝的交情不錯嗎？」

「這我就不知道了。智輝是個單純的人，也許就是因為這樣才會被霸凌。我想，應該有很多女生覺得智輝很可憐吧。」

「伊織嗎……」

夢斗看著地面，發出了沉吟。

——如果陽菜子說的是真的，那麼伊織的舉動確實有點奇怪。難道，是她先把裝有凱爾德病毒的花瓶放在教室，再跑去電腦教室等班上同學來嗎？可是，除了伊織之外，其他人也可能做這種事啊。比如說，先到學校把花瓶放在教室裡，然後再回家……不、甚至不需要回家，只要假裝正在上學的途中就行了。

「啊……」

突然間，夢斗感覺彷彿有股電流貫穿大腦般地張開嘴巴，愣愣地站著。陽菜子靠近他的臉問：

「你怎麼啦？夢斗。」

「沒、沒什麼，只是臨時想到有件事很奇怪……」

「奇怪……？」

正要說的時候，走廊那邊傳出喀啦喀啦的巨大聲響。

「陽菜子！快躲起來！」

夢斗把陽菜子押到桌子底下，自己也趕緊鑽到旁邊。陽菜子蜷曲著嬌小的身軀，臉色發白地問。

「夢斗，那是什麼聲音？」

「安靜！」

夢斗伸出食指貼在嘴唇上，眼睛緊盯著教職員辦公室門的方向。聲音是從門外面的走廊傳來的，而且好像有什麼物體正在慢慢靠近當中。

不一會兒，教室的門被打開，岩本出現了。岩本把堆疊在台車上的櫻和洋二的屍體，往教職員辦公室的地上傾倒。櫻的脖子以違背常理的角度彎曲，眼睛的位置正好看著躲在桌子底下的夢斗他們。

夢斗趕緊用右手摀住差點叫出聲的嘴。陽菜子也用右手摀著嘴。

「嗯，在哪裡呢？我記得是放在這裡啊。」

岩本喃喃自語著，忙著在抽屜裡四處翻找，似乎並沒有發覺夢斗他們正躲在教職員辦公室裡。

「啊、找到啦！找到啦！」

岩本從抽屜裡拿出一把小鋸子，嘴裡哼著偶像歌曲。他背對著夢斗他們，在櫻的屍體前面坐下來。

當鋸子的刀片頂在櫻細長的脖子上時，夢斗已經猜到岩本下一步要做什麼了。

嘰咯嘰咯，鋸子在人肉上面來回移動的聲音清晰可聞。夢斗的臉幾乎沒了血色，全身起雞皮疙瘩。因為喉嚨過於乾澀，忍不住直嚥口水。

——老師是因為國王遊戲的緣故，才會做出這麼殘忍的事嗎？櫻曾經那麼喜歡老師啊！

「……ＯＫ，鋸斷啦！」

岩本揪住櫻的頭髮，把她的頭抓起來，讓鮮血滴落在地板上。看到只剩下頭顱的櫻那對毫無生氣的眼睛，夢斗感到一陣強烈的噁心感，全身不停地顫抖，冷汗也浸濕了上衣。一旁的陽菜子牙齒喀啦作響，夢斗趕緊在她耳邊說：

「撐住！咬緊牙關，絕不能發出聲音！」

陽菜子的雙手緊摀著嘴，用力點頭。

岩本大概沒注意到陽菜子發出的聲音，只見他把櫻的頭顱擺在桌上，轉而鋸起洋二的頭顱。

因為景象實在太駭人，夢斗忍不住把臉別開，但還是可以聽到鋸肉的聲音。

嘰喀、嘰喀、嘰喀……。

夢斗的身體縮成一團，拼命地忍耐著。

——快點……快點結束啊！我受不了這個聲音啦！

煎熬的時間，似乎總是過得特別漫長。不知何時，鋸肉的聲音停止了。岩本把兩顆頭顱塞進運動提袋裡。那個深藍色的提袋底部，還因為浸了血水而變色。

「好啦！該走了。」

說完，岩本拿起運動提袋走出教職員辦公室。

夢斗把堆積在肺裡的空氣一次吐光，從桌子底下爬出來。

「陽菜子，妳還好嗎？」

「嗯、嗯……」

臉色慘白的陽菜子也跟著從桌底下爬出來。

「真沒想到，岩本老師會做出這種事……」

「是國王遊戲讓岩本老師的心崩壞了……」

「心……」

「我們參加的遊戲，就是這麼可怕……」

夢斗說話的聲音顫抖著。

雖然他覺得老師鋸學生頭顱的行為非常恐怖，卻不感到生氣。

——因為國王出了那樣的命令，所以岩本老師必須殺死5個人才能活下去。他是不得已才會那麼做。或許為了活命，再殘酷的事都得去做，才是對的決定吧。所以，我們也要為了活下去，採取必要的行動才行。

「陽菜子，我們走吧，去跟大家會合。」

夢斗帶著陽菜子一起離開了教職員辦公室。

【11月3日（星期三）下午2點24分】

夢斗和陽菜子一踏進體育館，就看到蒼太從布幕後面走出來，他揮舞著右手，朝夢斗他們跑過來。

「啊，你們好像都順利摸到石柱啦，你們是怎麼發現的？」

「……若葉拿了一塊石柱的碎片給我。」

夢斗低沉地說。

「不過，她卻因此被你們陣營的佐登志刺死了。」

「這樣啊，原來是這麼回事。然後，你拿去幫助其他同學對吧？怎麼這麼笨。」

「笨？」

「嗯，要是國王是英行陣營的人，說不定這次的命令就不會來了。」

「難道，你要我眼睜睜看著無辜的同學死去？」

「之前不是解釋給你聽了嗎？那樣的話，死的人反而少啊。」

蒼太看了一眼陽菜子，繼續說。

「算啦，已經發生的事，說再多也沒有用。現在最要緊的，還是提防岩本老師。」

「……櫻和洋二被殺了。」

「嗯，洋二也被殺了啊？他說要去拿吃的，當時我就有點擔心。」

「誠一郎他們呢？」

「收到這次命令的時候，我們並沒有在一起，到現在都還沒會合呢。他們很可能逃去赤池山了吧，畢竟躲在山裡還是比較安全些。」

「雖然我也不確定，不過打手機給他們的話，應該會有危險吧？」

「在這種情況下，如果還有笨蛋沒把手機切換成靜音模式，死了也是活該。」

蒼太聳聳肩，嘆氣地說。

「對了，夢斗，你打算怎麼處理眼前的情況？」

「只好把岩本老師抓起來囚禁了。不然的話，還會有3位同學會被他殺死。」

「囚禁……？與其囚禁，不如殺了還比較安全。反正，岩本老師要是不能達成命令，到時候也會受罰而死不是嗎？再說，警方也不可能逮捕到國王。」

「這……」

夢斗啞口無言地張著嘴。

——的確，把岩本老師囚禁起來，就表示要讓他受罰而死。因為如果不能達成命令，最後還是死路一條。可是……。

「……我認為還是先不要殺死老師比較好。警方只是暫時停止搜查而已，可是凱爾德病毒的研究應該還在繼續。要是能夠及時製造出抗體，國王對我們就不再有威脅了。」

「你認為，剩下的20個小時之內，可以研發出抗體嗎？你也太樂觀了吧。」

蒼太沒轍地嘆了口氣。

「唉，算了。反正現在為了阻止岩本老師，我們必須團結起來才行。」

「上一個命令不是就能團結了嗎？」

「拜託，過去的事情就別追究了。眼前，有能力阻止岩本老師的，大概就只有誠一郎和佐登志了。啊、還有時貞應該也沒問題。」

「佐登志那麼瘦，他有辦法和學體育的岩本老師對抗嗎？」

夢斗一想到佐登志，不由得皺起眉頭。

「雖然他殺了一個手無縛雞之力的女生，可是我不認為他有能力殺掉體格壯碩的岩本老師。」

「夢斗，你可不要小看佐登志喔。那傢伙可是個殺人不眨眼的狠角色，你應該很清楚才對。像他那種人啊，最有可能在國王遊戲中活下來。」

「最有可能活下來……是嗎？」

「夢斗，你還是醒醒吧，老是想著要救全部的人，反而死得早喔。」

看到夢斗沉默不語，蒼太輕輕拍了一下他的手臂說：

「總之，還是先想辦法擺平岩本老師要緊。」

【11月3日（星期三）下午3點12分】

夢斗以枹櫟樹的樹幹為掩護，獨自一人往後門移動。後門附近沒有人，只有頭頂上的枝葉沙沙作響。夢斗突然想起了數十分鐘前，他和蒼太的對話。

『夢斗，你去把岩本老師引到社團教室大樓來。』

『社團教室大樓？』

『嗯，你一進到大樓之後，就躲進最右邊的那個房間，從裡面的窗戶逃出去。』

『你打算把岩本老師關在那裡嗎？』

『你猜對了。那間教室的窗戶軌道有點扭曲，只能打開一半。你的身材比較瘦，應該可以穿過去，可是岩本老師就沒辦法了。』

『那教室的門呢？就算上了鎖，還是可以從裡面打開啊。』

『這點我會想辦法的。我有秘密武器。』

『什麼秘密武器？』

『到時候你等著看就知道了。』

說完，蒼太伸出粉紅色的舌尖，舔了嘴唇一圈。

雖然夢斗並不信任蒼太，可是這次，他決定參加蒼太的計畫。

——蒼太是個危險人物，不過眼前還是先擺平岩本老師要緊。

一想到不知道躲在何處的伙伴們，夢斗下意識地握緊拳頭。

後門附近的氣溫，似乎格外冷冽。夢斗感覺彷彿有好幾百隻小蟲在爬一樣，渾身不舒服。

——岩本老師應該就埋伏在那附近，伺機偷襲那些想要逃去赤池山的學生。

夢斗壓低姿勢，沿著教室大樓的圍牆前進，冷汗不斷地從臉上冒出，呼吸的聲音又快又急，連自己都聽得見。

就在距離後門約10公尺的地方，岩本冷不防地從後門另一邊的樹叢中冒出來。他的眼窩凹陷，瞳孔發亮，一步步地逼近夢斗，手裡還握著從洋二那裡搶來的鐵鎚。

「夢斗，你的運氣真差啊。跟智輝毫無關係，卻無緣無故被捲入國王遊戲，最後還要死在我這個老師手上。」

「岩本老師！住手！」

夢斗一面後退，一面大喊。

「就算不達成國王遊戲的命令，老師還是有機會活命啊。」

「你是不是想安慰我，政府會想出辦法啊？」

「是的！只要我們感染的凱爾德病毒抗體研發成功，大家就有救了，沒必要非得服從國王的命令！」

「你的意思是，要我等到最後一刻再殺學生嗎？萬一到時候，抗體沒有研發出來呢？你願意負起責任，讓我殺了你嗎？」

「這……」

「不敢對吧？到頭來，大家還是只顧自己活命。所以老師我當然也要為了自己，殺死你們啊。」

「你真的要這麼做嗎？」

「的確，我的行為是最壞的示範。為人師表，怎麼能殺自己的學生呢？但是不管怎麼說，總比接受國王遊戲的懲罰要好多了。為了避免受到懲罰，我什麼事都幹得出來。」

「唔……」

夢斗知道說服不了岩本，於是轉身背對著岩本狂奔。

「喂！你又要逃跑啦？」

夢斗不理會岩本，拼命地跑。在教室大樓那裡轉彎後，繼續跑過整排的枹櫟樹，岩本也在幾公尺的後方緊追不捨。

「夢斗，別逃了！光明正大地跟我一較高下吧。」

「開什麼玩笑……！」

穿過鋪設好的狹窄小徑後，終於來到社團教室大樓。夢斗絲毫不敢放慢速度，直接往大樓裡跑去。就在此時，他突然感到背部一陣劇烈的疼痛。

「唔……」

夢斗的嘴因為疼痛而糾結。背部好像被鐵鎚砸中了。夢斗忍著痛楚繼續跑，通過陰暗的走廊之後，跑進了最右邊的那間教室。教室的牆邊堆積了許多紙箱，看起來像是用來裝社團資料的箱子。

夢斗看到視線的前方有一扇滿是灰塵的小窗戶。窗戶前面也堆積著紙箱，正好可以讓夢斗順利爬上窗戶往外逃。

右腳踏上紙箱後，夢斗從窗戶探出上半身，正要往外跳下時，卻被岩本抓住了腳踝。

「終於……逮到你啦。」

岩本的呼吸又亂又快。他把夢斗的腳往上抬起。

「沒想到你跑得挺快的嘛！好！體育成績給你一個4好啦！」

「……你不是不當老師了嗎？」

夢斗被抓住的那隻腳，往岩本的胸膛用力踹下。可是岩本絲毫不為所動，還露出雪白的牙齒，猙獰地笑著。

「哈哈哈，說得也是。不過，這次就當作是我當老師的最後一項任務吧。」

岩本使勁地想要把夢斗拉下來。

「唔唔！」

夢斗的雙手緊緊攀住教室的外牆，死命抵抗，但還是敵不過岩本的力氣。

「夢斗，不要再反抗啦，越掙扎死得越痛苦啊。只要你乖乖聽話，我會給你一個痛快的。」

聽到岩本這麼說，夢斗臉上的血色幾乎褪去。要是真的被拉進教室，岩本一定會毫不猶豫地動手殺了他。瞬間，櫻被折斷頭的畫面又浮現在腦海。

「你說得沒錯，老師。」

突然，岩本的身後傳出少年的聲音。夢斗和岩本不約而同地轉過頭去。就在視線的前方，出現了蒼太的身影。他站在門口，手裡拿著一瓶裝有液體的玻璃瓶。

瓶口的部分塞了布，上面燃燒著橘色的火焰。

岩本頓時臉色大變。

「蒼太，那個難道是……」

「沒錯，這是汽油彈。是我用從老師的車子裡偷出來的汽油做成的。啊、至於這個瓶子，是在赤池山撿到的酒瓶，請您放心。我知道學生帶酒到學校來會引起騷動。」

蒼太笑嘻嘻地揮舞著手中的汽油彈。

「老師，你還是乖乖別動吧，這樣死得比較快。」

「住、住手！」

蒼太不理會岩本的制止，把汽油彈扔了過去，瓶子在岩本的腳邊摔成碎片。瞬間，岩本整個人被火焰包圍住。

「哇啊啊啊啊啊啊啊！」

岩本發出淒厲的哀嚎，抓著夢斗腳踝的手也鬆開了。夢斗趕緊朝全身著火的岩本胸膛踹下，利用反作用力往外跳。夢斗拍掉身上沾到的泥土，撐起了上半身。

火舌從教室的窗戶竄出。一個黑色人影在教室裡面狂亂地揮舞著雙手。

「哇啊啊啊啊！」

火焰燃燒的聲音夾雜著岩本的哀嚎，一起傳進夢斗的耳裡。

「啊啊……唔啊……喔唔……」

「岩本老師……」

夢斗走近剛才跳出來的那扇窗戶，已經看不到岩本的身影，只有黑煙從窗戶裊裊飄出。火舌大概延燒到堆放在一旁的紙箱了吧？

「居然連這種事也做得出來……」

夢斗的腦海裡浮現出笑著把汽油彈扔向岩本的蒼太，指尖不由得開始顫抖。雖然這次多虧蒼太，才能脫離岩本的追殺，但是夢斗心裡絲毫沒有感謝蒼太的心情。

——把岩本老師囚禁在教室裡，時間一到，也許老師就會受到國王遊戲的懲罰而死。但是，岩本老師也許還有活命的機會啊！實在不該就這樣殺了他的！

「這種手段實在太殘忍了……」

夢斗喃喃自語著，像是在說給自己聽一樣。

——以蒼太的手段，就算沒有國王遊戲，同學之間還是會拼個你死我活。萬一大家的想法變得跟他一樣的話……到時候，一定會演變成自相殘殺的局面。

夢斗心想，飄上天空的裊裊黑煙，就如同他們這群被迫參加國王遊戲之人的心一般。

「大家的心會被污染，包括我自己，恐怕也是……」

突然間，黑煙之中伸出一隻手，緊緊勒住夢斗的脖子，往上拉扯。

「咳……」

夢斗感覺喉嚨承受一股強大的壓力，臉部的表情痛苦地扭曲。他看到在黑煙中閃爍著一對布滿血絲的眼睛。那是岩本的眼睛。

「嘰嘰嘰嘰嘰……」

在可怕的叫聲中，岩本的上半身從窗戶爬了出來。他的臉已經完全焦黑變形，頭髮也被燒得捲曲糾結。身上那套健身服變得髒污破爛，破口處還可以看到燒傷的皮膚。

「夢……夢斗……」

岩本張大嘴巴，叫著夢斗的名字。他的臉頰皮膚裂開，黑色的肉片持續剝落。

「唔唔！」

夢斗使盡全身的力氣，想把岩本的手扳開。可是岩本的力氣實在大得驚人，他的手就像咬住獵物的蛇牙一樣，深深陷進肉裡。夢斗感覺呼吸越來越困難，皮膚逐漸變成土灰色。

「住……住手……」

四周的視野開始模糊，意識越飄越遠。現在夢斗唯一能看見的，就是岩本那對猙獰的眼睛。面對岩本強烈的求生意志，夢斗感到自己幾乎沒有力氣反抗。

在意識完全喪失之前，不知道是誰，從背後抱住夢斗的身體，把他從岩本的手中拉開。

「咳唔……」

夢斗在地上滾動，拼命地吸氣。這時，背後有人在他的肩膀上拍了兩下。

「真是太危險了，夢斗。」

回頭看去，時貞就站在那裡。他露出雪白的牙齒，在夢斗身邊坐了下來。

「這樣，我總算把之前尋找撲克牌時欠你的人情還清了。」

「時……時貞，你……你怎麼會在這裡？」

夢斗一面調整呼吸，一面問時貞。

「大家……都平安無事吧？」

「嗯，星也、由那和風香，他們躲在游泳池的更衣室。只有我看到你被岩本老師追殺，所以就跑過來救你。我們班上能夠和岩本老師抗衡的，大概只有我了吧。」

「謝……謝謝你……時貞。」

夢斗吃力地站起來。黑煙已經變少了，從窗戶看進去，還可以看到岩本燒焦的上半身，動也不動地立在那裡，應該是死了吧。

附近的空氣中飄散著焦肉的味道。

「岩本老師……」

「是你燒了老師嗎？」

夢斗搖搖頭，回答時貞說：

「是蒼太。是他用汽油彈燒的。」

「那傢伙還做了汽油彈？真是太危險了。」

「這麼說太無情了吧！」

背後傳來蒼太的聲音。蒼太神情輕鬆地朝夢斗他們走來。

「幸好我準備了汽油彈，才能拯救另外3個學生耶。」

「那個汽油彈是早就準備好的嗎？」

「嗯，我一開始就想，也許在哪一道命令中用得到，果然真的派上用場了。」

蒼太瞥了一眼焦黑的屍體。

「只是沒想到，人居然那麼不容易死。或者應該說，岩本老師太頑強了。」

「只要把老師關在那間教室裡不就好了嗎！」

「那樣反而更殘忍，感覺就像隔天要被處死的死刑犯一樣。換作是你，希望被那樣對待嗎？」

「總比被自己的學生殺死好多了。」

夢斗充滿敵意地瞪著蒼太。

「用這種方式，只會在國王遊戲中節外生枝而已！應該要盡量避免！」

「避免？說得也沒錯啦，只是，岩本老師已經無可救藥了，他是不可能重新回到社會了。」

話一說完，蒼太從口袋裡拿出智慧型手機。

「總之，現在先跟誠一郎他們聯絡。對了，岩本老師的遺體就拜託你們處理了。我救了你一條命，這點小事你應該不會拒絕吧？」

「……知道了。我們會負責搬運岩本老師的遺體。」

夢斗看著岩本焦黑的屍體。

「岩本老師……事情變成這樣，真的很遺憾。」

對於夢斗說的話，岩本沒有任何回應。

【11月3日（星期三）晚間9點35分】

夢斗一行人聚集在電腦教室裡，吃著配給的便當。坐在夢斗旁邊的時貞，看到便當裡的燒肉，不禁皺起了眉頭。

「便當裡面幹嘛放燒肉啊！我實在不想再聞到肉的味道了。」

「就算再討厭，還是得吃。」

夢斗臉色蒼白地看著手邊的燒肉便當這麼說。

「誰知道下次收到的會是什麼樣的命令，所以得保持體力才行。」

「……可惡！好啦！」

時貞把炒洋蔥和牛肉一起放進嘴裡。同樣臉色蒼白的由那和風香，也拿起筷子開動。

「夢斗，我問你喔。」

星也低聲地說，同時把便當放在桌上。

「我真的可以留在這個陣營嗎？」

「嗯？為什麼突然這麼問？」

夢斗停下動作，看著星也。星也嘴唇緊閉，握拳的雙手不停地顫抖。

「誠一郎不是說過嗎？就是在我家的電腦裡面，發現了修改過的奈米女王程式。」

大家的視線集中在星也身上。也許是無法承受大家注視的目光，星也低下了頭。

「一般人大概都會懷疑，我就是國王吧？因為我的電腦裡居然有那樣的程式。」

「……老實說，我的確懷疑過你是國王。」

夢斗語氣冷靜地說。

「可是，又不能一口咬定就是你。我的猶豫是有理由的。」

「理由？」

「因為，如果你的電腦裡面保存了那麼重要的證據，那麼，在國王威脅警察之前，你應該早就被逮捕了不是嗎？可是，警方卻遲遲沒有採取動作。也就是說，那並不是關鍵證據。」

「……我很清楚自己並不是國王，可是又不知道該如何證明我的清白。要是天上的神能幫我洗刷嫌疑就好了。」

星也懊腦地噘起嘴。

「我怎麼可能把奈米女王的程式輸入自己的電腦呢……」

「如果你說的是真的，那麼，很可能是國王想要找替死鬼。」

「替死鬼……」

「嗯，說不定被警方鎖定的英行和武，也是同樣的情況。國王為了不被鎖定，故意增加嫌疑人的數量。如果這是國王的目的，那麼……」

「如果這是國王的目的，代表什麼？」

「那就可以證明，國王並不是宗介。」

夢斗冷靜的聲音，在教室裡迴響著。

「宗介並不在我們裡面。打從國王遊戲一開始，他就失蹤了。如果宗介是國王的話，那麼增加嫌疑人數量的手法就沒有意義，因為他本來就被懷疑了。」
「這麼說的話，是我們其中之一囉？」
「應該是吧。國王的目的，很可能就是要讓我們彼此懷疑內鬥。」
夢斗看著星也說。
「所以，我並不打算把星也趕出我們的陣營。至少，在尚未確定國王的真正身分之前。」
「……謝謝你。當初加入你的陣營，果然是正確的決定。」
「這個陣營，又不是我一個人的。」
時貞苦笑地拍拍夢斗的肩膀說：
「可是，你是這個陣營的領導啊。」
「你要代替我也行啊。」
「別開玩笑了。這種沒賺頭的工作，我才不幹呢。而且，正因為這是你的陣營，我才想加入。」
「我也是這麼想。」
風香一面伸手去拿放在旁邊的瓶裝飲料一面說。
「要是我們單獨行動的話，恐怕早就沒命了吧。」
一旁的由那拼命地點頭贊成。
「就是說啊，夢斗，你真的很了不起耶。因為我們這個陣營，到現在都沒有折損一名成員呢。」

「那只是運氣好罷了。」

夢斗不自覺地握緊手中的筷子。

「要是運氣差的話，搞不好大家早就死了。當然，也包括我自己……」

「對了，夢斗，國王會不會已經死啦？」

「你懷疑今天死去的櫻和洋二，可能是國王嗎？」

「嗯，不能排除這個可能性吧？我認為，被賦予如此殘酷命令的岩本老師不可能是國王。

可是，櫻和洋二就難說了……」

「我想，應該也不是他們。」

夢斗否定了由那的推測。

「櫻一直很喜歡岩本老師，她怎麼可能對自己暗戀的對象發出那麼可怕的命令。」

「那麼，洋二呢？」

「洋二是霸凌智輝的那個陣營，我想應該不會為了替智輝報仇，而進行國王遊戲吧。當然，

我也不是百分之百肯定。」

「……國王遊戲，還會繼續下去嗎？」

由那用低沉的聲音說。

「要到什麼時候，國王遊戲才會結束呢？」

「唯一的辦法就是抓到國王。只有那樣，命令才會終止。」

「命令……」

風香發出沉吟。

「喂，夢斗，如果國王是我們其中之一的話，那他是怎麼發出命令的？命令來的時候，大家不是都在教室裡面嗎？」

「英行說過，可以進行遠距離遙控。就是先把電腦藏在某個地方，然後透過智慧型手機或行動電話，把命令傳送出去。」

「那麼，只要檢查大家的手機，就可以查出誰是國王了嗎？」

對於風香的疑問，星也搶著回答。

「我想，命令並不是從我們的智慧型手機或行動電話傳送出去的。如果是那樣的話，很快就會被警方查出來了，所以國王應該是使用他人的手機吧。」

「行不通嗎？我還以為這是個好方法呢。」

「一些非法網站都有在賣。只要拿得出錢，就算是高中生也可以弄到手。」

聽到星也他們的對話，夢斗咬緊了牙關。

——國王到底是誰？

班上同學的臉，一一在腦海裡浮現。

——包括宗介在內，班上只剩下19名學生。奈留美陣營的4人、誠一郎陣營的3人、英行的陣營的6人，還有就是我們這5個人。被警方列為嫌疑人的是星也、英行，以及武。如果陽菜子說的是真的，那麼，一大清早就跑來學校的伊織也有嫌疑。另外，蒼太的舉止也令人感到納悶。因為蒼太之前好像也霸凌過智輝，可是在這次的國王遊戲中，卻是一副樂在其中的樣子，連殺人都毫不手軟，的確不尋常。除了這些人之外，其他還有幾個也有可能是國王。

「總之，一定要找到國王才行！」

「問題是要怎麼找呢？」

時貞一面把沾在嘴邊的飯粒放進嘴裡，一面問夢斗。

「警方已經放棄搜查了，而且如果國王是使用他人的手機發出命令，那我們根本沒轍啊。」

「我認為，應該先篩選嫌疑人，然後進行監視。」

「監視？要監視誰呢？」

「老實說，國王的嫌疑人不少。可是如果要監視的話，我認為應該先以蒼太為對象。因為那傢伙好像對殺人這檔事樂此不疲。」

「蒼太嗎？從他的個性來看，的確有可能是國王。他看起來就是對殺人遊戲充滿興趣的那一型。」

「嗯，就算蒼太不是國王，也要對他多加提防比較好。」

夢斗回想起在赤池山山頂發生的那件事。當時，蒼太差一點就把夢斗陣營和英行陣營的人，一次全部害死。

——因為星也被列為國王的嫌疑人，說不定他會因此遭到攻擊。另外，蒼太始終認為，國王有可能是女生。如果是那樣，那麼由那和風香也有危險。我得想辦法保護大家才行！

夢斗的眼睛看著手上的便當。

「好！大家快點吃飯吧！然後把握時間，一起睡覺！」

聽到夢斗這麼說，風香莞爾地笑了。

「哎呀，夢斗，沒想到你這麼大膽呢。都這個時候了，還說要一起睡覺。」

「……啊，不是啦！我不是那個意思！」

「哈哈哈，我知道啦。」

風香伸出食指，在夢斗通紅的臉頰上輕輕戳了一下。

「夢斗好像還不習慣跟女生相處呢。」

「有、有什麼關係？反正在這種情況下，也不可能談戀愛啊。」

「說得也是。」

風香的表情轉為認真。

「我們都是正值談戀愛的花樣年華，真是可惜呢……」

「談戀愛啊……」

由那若有所思地喃喃自語。

「好想回到以前平凡的生活喔。上學、回家、和家人一起吃飯、躺在自己的床上睡覺。」

「真是微小的心願呢。」

「可是現在，連這麼微小的心願都無法實現。搞不好，我們永遠都回不了家了。」

「不會變成這樣的！」

夢斗語氣堅定地說。

「只要國王遊戲結束，我們不但可以恢復正常的校園生活，也可以跟以前一樣回家！」

「我們大家一起嗎？」

「嗯。我們是同陣營的伙伴，是好朋友！」

「……是啊，回想起來，打從參加國王遊戲以來遇到的唯一一件好事，就是和夢斗，還有你們成為好朋友。」

聽到由那這麼說，夢斗內心激動了起來。

「沒錯，因為國王遊戲的關係，我才能和大家成為好朋友。對我這個轉學生而言，真的是一件非常開心的事。所以，我希望大家都能活下去，因為我們難得成為好朋友啊！」

——沒錯！我們全部的人都要活下去！

夢斗咬著牙，來回看著同陣營的伙伴們。

命令7

【11月4日（星期四）中午11點55分】

夢斗陣營和英行陣營的成員，聚集在2年A班的教室裡。每個人的表情看起來都非常緊張，眼睛專注地盯著手裡的智慧型手機和行動電話。

「時間就快到了。」

坐在鄰座的由那，靠近夢斗的臉說。

「不知道接下來會是什麼命令？」

「我也不知道。不過，不管是什麼命令，我們都要盡快行動。」

夢斗低聲說。

——雖然現在和英行的陣營保持合作關係，可是下一道命令，難保不是和他們彼此競爭的內容，不提防著點不行！

往窗外看去，奈留美的陣營集結在體育館的前方。看到陽平也在其中，夢斗內心感到一陣痛苦。

——我本來以為，可以和陽平當好朋友的……。

突然間，站在陽平身邊的另一名男生抬起了頭。是雪原久志。

久志的身高超過175公分，四肢細長、皮膚白皙，梳著一頭中分的頭髮。久志抬起臉後，就一直站著不動。

因為距離大概有一百公尺以上，無法看清楚他臉上的表情。不過夢斗覺得，久志似乎正在看著自己。

——對了，到現在都還沒跟久志說過話呢，不知道他是什麼樣的人。

「怎麼啦？夢斗？」

看到夢斗一臉嚴肅的表情，風香忍不住擔心地問。夢斗連忙把視線拉回教室內。

「沒事，我覺得久志好像正在看我們這邊。」

「久志？啊、真的耶。」

風香把手貼在額頭上，看著窗戶外面。

「久志還是跟以前一樣不起眼。」

「不起眼？他不是長得很帥嗎？」

「嗯，外型是很帥啦，可是卻不愛出風頭。在奈留美的陣營中，他好像總是躲在奈留美的背後。」

「可是，女生應該很喜歡他吧？」

「還好吧。久志的成績和運動都很普通，個性倒是滿溫和的。他總是給人一種半透明的印象。」

「半透明……」

「是啊，就是不注意看的話，彷彿會跟周遭的景物融合在一起，變成像是隱形人那樣。」

此時，夢斗手裡的智慧型手機傳出簡訊的鈴聲，周圍同學的手機也是。

夢斗做了一個深呼吸之後，打開智慧型手機畫面。

【11／4星期四12：00　寄件者：國王　主旨：國王遊戲　本文：這是赤池山高中2年A班全班同學強制參加的國王遊戲。國王的命令絕對要在24小時之內達成。※不允許中途棄權。※命令7：林英行把自己懷疑的國王嫌疑人名字寫在紙上。被寫上名字的學生將會受到懲罰。被寫上名字的學生如果不是國王，林英行要受到懲罰。　END】

「這個命令是……」

夢斗像是油料耗盡的機器人般動作僵硬地轉過頭去。他看到英行臉色發白，盯著手機螢幕發楞。而周圍的那幾個英行陣營的同學，也是一臉茫然地看著英行。

不一會兒，英行慢慢地張開慘白的嘴唇說：

「誰去叫奈留美和誠一郎陣營的人過來好嗎？」

「咦？」

站在英行旁邊的美樹，一把抓住受驚嚇的英行的上衣說：

「為什麼要叫他們過來？」

「審判要開始了。」

說完，英行那張如死人般毫無血色的臉笑了。

逆思流

國王遊戲〈煉獄10・29〉

（原名：王様ゲーム 煉獄10・29）

作者／金澤伸明
譯者／許嘉祥
發行人／黃鎮隆
總編輯／洪琇菁
責任編輯／路克
企劃宣傳／邱小祐・劉宜蓉
副總經理／陳君平
國際版權／黃令歡
美術編輯／李政儀
文字校對／許煒彤

出版／城邦文化事業股份有限公司 尖端出版
台北市中山區民生東路二段一四一號十樓
電話：(〇二)二五〇〇七六〇〇 傳真：(〇二)二五〇〇二六八三
E-mail：7novels@mail2.spp.com.tw

發行／英屬蓋曼群島商家庭傳媒股份有限公司城邦分公司
尖端出版 行銷業務部
台北市中山區民生東路二段一四一號十樓
電話：（〇二）二五〇〇—七六〇〇（代表號）
傳真：（〇二）二五〇〇—一九七九
讀者服務信箱：sandy@spp.com.tw

北部經銷／祥友圖書有限公司
電話：（〇二）八五一二—三八五一
傳真：（〇二）八五一二—四二五五

中彰投以北經銷／楨彥有限公司
電話：（〇二）八九一九—三三六九
傳真：（〇二）八九一四—五五二四

雲嘉經銷／智豐圖書股份有限公司 嘉義公司
電話：（〇五）二三三—三八五二
傳真：（〇五）二三三—三八六三

南部經銷／智豐圖書股份有限公司 高雄公司
電話：（〇七）三七三—〇〇七九
傳真：（〇七）三七三—〇〇八七

一代匯集／香港九龍旺角塘尾道六十四號龍駒企業大廈十樓B&D室
電話：（八五二）二七八三—八一〇二
傳真：（八五二）二七八二—一五二九

新馬經銷／大眾書局（新加坡）POPULAR（Singapore）
E-mail：feedback@popularworld.com
大眾書局（馬來西亞）POPULAR（Malaysia）
E-mail：popularmalaysia@popularworld.com

法律顧問／王子文律師 元禾法律事務所
台北市羅斯福路三段三十七號十五樓

二〇一五年三月一版一刷
二〇一八年七月一版六刷

■中文版■

郵購注意事項：
1. 填妥劃撥單資料：帳號：50003021戶名：英屬蓋曼群島商家庭傳媒(股)公司城邦分公司。2. 通信欄內註明訂購書名與冊數。3. 劃撥金額低於500元，請加附掛號郵資50元。如劃撥日起 10～14日，仍未收到書時，請洽劃撥組。劃撥專線TEL：(03) 312-4212 ・ FAX：(03) 322-4621。E-mail：marketing@spp.com.tw

國家圖書館出版品預行編目資料

國王遊戲 煉獄10.29 / 金澤伸明著；許嘉祥譯.
— 1版. — 臺北市：尖端出版，2015.3
面；公分. —（逆思流）
譯自：王様ゲーム 煉獄10.29
ISBN 978-957-10-5886-3（平裝）

861.57　　104000279